镇·江·诗·文

裴　伟　选注

苏州大学出版社

《镇江文化丛书》序

张甫雄

镇江是座历史悠久的江南古城，有文字记载的历史达3 000 多年，是吴文化的发祥地。镇江是座山清水秀的园林城市，南山北水，江河交汇，真山真水，山水形胜，自古有“天下第一江山”、“城市山林”的美誉。镇江是座人文荟萃的文化名城，刘裕、沈括、米芾等名人辈出、名闻遐迩，《文心雕龙》、《昭明文选》、《梦溪笔谈》等名作迭现、光耀千秋。镇江是座民间文化的艺术宝库，民间文艺资料库被国内专家称为“中华第一库”，正则绣、竹编、瓷刻等民间工艺品享有盛名，丹徒南乡民歌、丹阳丹剧等地方曲艺特色浓郁。优越的地理位置、独特的山水形胜、悠久的文化传承、深厚的文化积淀，铸就出镇江这座国家级历史文化名城闪亮的城市名片。

文化资源是城市竞争发展的重要资源和不竭动力。今天，我们细数灿烂辉煌的历史文化，品味城市文化的独特魅力，就是要进一步传承、保护和开拓历史文化，推动现代文化的繁荣和发展。为深入挖掘、研究和宣传镇江丰富的历史文化资源，中共镇江市委宣传部组织编写的《镇江文化丛书》正式出版了。“丛书”一套八册，包括史要、山水、诗文、名人、书画、文物、风俗和掌故八个专题，涵盖了镇江文化历史的主要方面，其中有反映镇江文化历史发展轨迹的详实记录，有刻画镇江人文风貌的诗文书画精品，有再现镇江风俗民情演变历程的生动描述，向世人集中展示了镇江的文化特色及深厚底蕴。《镇江文化丛书》的出版，为系统、全面地整理镇江的地域文化开了个好头，是对镇江文化发展的重要贡献。

"丛书"编撰历时三年，参与本套"丛书"编写的各位作者，都是镇江市研究地域文化方面的专家。在编写过程中，他们广泛吸收了近年来镇江市历史文化研究的新成果，增强了"丛书"的权威性和史料性。"丛书"编撰之初，时任中共镇江市委副书记吴树南和市委常委、宣传部长孙燕丽都非常重视，精心审定编撰方案，确定编撰人员，为"丛书"的顺利编撰出版奠定了良好的基础。在此，特向关心"丛书"编撰的各位领导、各位作者和为"丛书"编撰作出贡献的各位朋友表示衷心的感谢。

文化是城市的灵魂，是观照历史、洞见未来的一面镜子。传承、弘扬一个地方的历史文化，培植、宣传一个地方的人文精神，对提升人们的精神理念，提升社会的人文素养，提升经济社会发展的支撑力具有巨大的促进作用。希望通过这套丛书的出版，能进一步带动和推进镇江历史文化的传承和开发，增进广大群众对镇江历史文化的了解和热爱，激发广大群众热爱家乡、建设家乡的热情，积极支持和参与文化镇江的各项建设，为全面达小康、建设新镇江作出更大的贡献。

（作者为中共镇江市委常委、宣传部长）

目录

镇江诗歌

李真人井铭 …… 葛　洪(3)
答诏问 …… 陶弘景(4)
陪润州薛司空、丹徒桂明府游招隐寺 …… 骆宾王(5)
竹林寺 …… 李　峤(6)
渡扬子江 …… 孟浩然(7)
芙蓉楼送辛渐 …… 王昌龄(8)
次北固山下 …… 王　湾(9)
焦山望松寥山 …… 李　白(10)
送灵澈上人 …… 刘长卿(11)
北固晚眺答张继 …… 皇甫冉(12)
题李尊师山房 …… 秦　系(13)
罢郡姑苏，北归渡扬子津 …… 刘禹锡(14)
润州听暮角 …… 李　涉(15)
题鹤林寺壁 …… 李　涉(16)
重游练湖怀旧 …… 许　浑(17)
夜归丁卯桥村舍 …… 许　浑(18)
题金陵渡 …… 张　祜(19)
题金山寺 …… 孙　鲂(20)
更漏子 …… 温庭筠(21)
金山寺 …… 杜荀鹤(22)

润州慈和寺上房 …………………………… [新罗]崔致远(23)
向吴亭 …………………………………………………… 李　雄(24)
京口即事 ………………………………………………… 范仲淹(25)
送识上人游金山登头陀岩 ……………………………… 范仲淹(26)
宿甘露寺僧舍 …………………………………………… 曾公亮(27)
甘露寺 …………………………………………………… 欧阳修(28)
宝墨亭 …………………………………………………… 苏舜钦(29)
甘露寺多景楼 …………………………………………… 曾　巩(31)
金山寺 …………………………………………………… 司马光(32)
金山寺 …………………………………………………… 王安石(33)
次平甫金山会宿韵,寄亲友 …………………………… 王安石(34)
金山妙高台 ……………………………………………… 苏　轼(35)
醉落魄·离京口作 ……………………………………… 苏　轼(37)
游竹林院 ………………………………………………… 苏　轼(38)
寄题刁景纯藏春坞 ……………………………………… 苏　轼(39)
少年游·润州作,代人寄远 …………………………… 苏　轼(40)
采桑子·润州多景楼与孙巨源相遇 …………………… 苏　轼(41)
金山怀古 ………………………………………………… 黄庭坚(42)
金山晚眺 ………………………………………………… 秦　观(43)
南徐好·渌水桥 ………………………………………… 释仲殊(44)
咏丹阳玉乳泉 …………………………………………… 张　耒(45)
大港即事 ………………………………………………… 蔡　肇(46)
金山 ……………………………………………………… 岳　飞(47)
隆兴甲申岁闰月游焦山 ………………………………… 韩元吉(48)
水调歌头·多景楼 ……………………………………… 陆　游(50)
金山观日出 ……………………………………………… 陆　游(51)
晓过丹阳县(五首选三) ………………………………… 杨万里(52)
小泊新丰市 ……………………………………………… 杨万里(53)
过扬子江 ………………………………………………… 杨万里(54)

永遇乐·京口北固亭怀古 …… 辛弃疾(55)
南乡子·登京口北固亭怀古 …… 辛弃疾(56)
水龙吟·寄题京口范南伯家文官花 …… 辛弃疾(57)
多景楼 …… 刘　过(58)
题多景楼 …… 王　琮(59)
北固山 …… 法　平(60)
水调歌头·登甘露寺多景楼望淮有感 …… 程　珌(61)
水调歌头·焦山 …… 吴　潜(62)
沁园春·丙午登多景楼和吴履斋韵 …… 李曾伯(63)
摸鱼儿·题多景楼壁 …… 孙吴会(65)
游茅山 …… 卢　挚(66)
【正宫】黑漆弩·游金山寺 …… 王　恽(67)
【双调】殿前欢·登江山第一楼 …… 乔　吉(68)
【双调】折桂令·金山寺 …… 赵天锡(69)
【商调】梧叶·甘露寺 …… 无名氏(70)
【双调】折桂·三茅山行 …… 王举之(71)
甘露寺 …… 高　启(72)
华山畿 …… ［朝鲜］金宗直(73)
金山寺追赋 …… 文徵明(74)
金山妙高台 …… 王守仁(75)
甲午秋宿金山寺 …… 吴承恩(76)
再登金山 …… ［日本］策彦周良(77)
满江红·蒜山怀古 …… 吴伟业(78)
念奴娇·渡江雪霁 …… 吴　易(80)
宝华山作 …… 笪重光(81)
念奴娇·游京口竹林寺 …… 陈维崧(82)
京口作 …… 叶　燮(83)
吕城雪霁 …… 王士禛(84)
昭明太子读书台 …… 王士禛(85)

泊三江口 …………………………………………… 汪　楫(86)
晓发京口 …………………………………………… 徐　釚(87)
多景楼 ……………………………………………… 洪　昇(88)
北固山看大江 ……………………………………… 孔尚任(89)
题自然庵画竹 ……………………………………… 郑　燮(90)
京口诸山(其一) …………………………………… 鲍　皋(91)
润州小泊 …………………………………………… 蒋士铨(92)
梦溪 ………………………………………………… 王文治(93)
题《梦楼集》………………………………………… 姚　鼐(94)
梦游金陵,感而和之 ……………………………… 敦　诚(95)
试剑石 ……………………………………………… 王　煦(96)
宗忠简祠 …………………………………………… 洪亮吉(97)
登凌云亭 …………………………………………… 鲍之兰(98)
绿水桥访江碧岑夫人 ……………………………… 骆绮兰(99)
梦溪 ………………………………………………… 戴守梧(100)
登圌山望海 ………………………………………… 清　恒(101)
鲇鱼套候潮 ………………………………………… 马士图(102)
焦山 ………………………………………………… 张问陶(103)
舟泊谏壁江口 ……………………………………… 王　豫(104)
镇江至江宁山行杂述(十二首选二) ……………… 潘德舆(105)
京口竹枝词 ………………………………………… 杨　棨(106)
己亥杂诗(其一) …………………………………… 龚自珍(107)
秋日东洲晚望 ……………………………………… 解　南(109)
游焦山,赠山僧越尘 ……………………………… 赵舒翘(111)
忆江南・八鲜词 …………………………………… 陈桂琛(112)
戊午四月再游乾元观松风阁 ……………………… 康有为(114)
江洲竹枝词(九首) ………………………………… 殷调元(115)
次三江营望太平洲 ………………………………… 李伯通(117)
夜过焦山 …………………………………………… 狄楚青(118)

双十日绍宗书楼宴集 …………………………… 柳诒徵(119)
龙江茶社 ………………………………………… 叶玉森(121)
晤九十八岁老人马相伯 …………………………… 吴　梅(123)
车过镇江车站旁荷花池 …………………………… 姚锡均(124)
寿昌来京口,酒后偕明之游南郊 ………………… 易君左(125)
镇江三山 ………………………………………… 佚　名(126)
满江红・伯先公园 ……………………………… 丁　宁(127)
京口春游,次荆公西太一诗韵 …………………… 卢　前(128)
【北南吕】一枝花・吊金山 ……………………… 卢　前(129)

镇江散文

答谢中书书 ……………………………………… 陶弘景(133)
梦溪自志 ………………………………………… 沈　括(134)
《润州类集》序(节选) …………………………… 曾　旼(136)
净名斋记 ………………………………………… 米　芾(138)
入蜀记(节选) …………………………………… 陆　游(141)
米元晖《云山图》 ………………………………… 吴师道(147)
游名山记・北固山 ……………………………… 都　穆(149)
游宝华山小记 …………………………………… 盛时泰(151)
游金焦两山记 …………………………………… 王叔承(153)
金山竞渡 ………………………………………… 张　岱(155)
金山夜戏 ………………………………………… 张　岱(157)
焦山 ……………………………………………… 张　岱(158)
华山游记 ………………………………………… 陆求可(159)
焦山题名记 ……………………………………… 王士禛(162)
重建润州鹤林寺记 ……………………………… 方　苞(164)
见山楼记 ………………………………………… 王步青(168)
余江干墓志铭 …………………………………… 沈德潜(170)

焦山纪游 …………………………………………… 梁章钜(172)
金山寺藏鼎记 ………………………………………… 梅曾亮(176)
甘露凌云 …………………………………………… 麟　庆(178)
中泠泉 ……………………………………………… 金武祥(180)
赵芬夫人传 ………………………………………… 蔡元培(182)
笪重光传 …………………………………………… 唐邦治(184)
鼓楼岗 ……………………………………………… 陈邦贤(193)
勃克夫人自传略 ……………………………… [美]赛珍珠(195)
居然江北复江南(节选) …………………………… 含　凉(200)
美的冲动 …………………………………………… 杨清磬(206)
刘铁云轶事 ………………………………………… 刘大杰(209)
金山忆旧 …………………………………………… 叶灵凤(213)
闲话镇江 …………………………………………… 谭惟翰(221)
江城 ………………………………………………… 丁　谛(226)
京口山水记概 ……………………………………… 水　青(234)
夏水上的菱花女 …………………………………… 骆　文(236)
山山都好 …………………………………………… 骆　文(240)
镇扬游踪(节选) …………………………………… 周　劭(242)
三山五泉话镇江 …………………………………… 陈从周(248)

主要参考书目 …………………………………………………… (251)
后　记 …………………………………………………………… (253)

镇·江·诗·歌

李真人井铭

葛 洪

混混井泉①,源通渤海。
色逾玄圭②,甘如沆瀣③。
注炼金液,保养太和④。
昔人遐举,饮此余波⑤。

[作者简介]

葛洪(281?—341),字稚川,自号抱朴子,丹阳郡句容(今江苏句容)人。东晋著名道教人物,对道教成熟与我国古典化学贡献巨大。著有《抱朴子》《西京杂记》。

[注释]

① 混混:水势盛大貌。
② 玄:黑色。圭:一种上尖下方的玉器。
③ 沆瀣:夜间的水气,也指露水。
④ 太和:指天地间日精月华之生气。
⑤ 余波:井水为海之余波。

答 诏 问①

陶弘景

山中何所有，
岭上多白云②。
只可自怡悦，
不堪持寄君③。

[作者简介]

陶弘景(456—536)，字通明，自号华阳隐居，丹阳秣陵(今江苏南京)人。一度出仕南齐，后隐居句曲山(茅山)。入梁，武帝礼聘不出，但遇有朝廷大事，辄就咨询，时人称为“山中宰相”。

[注释]

① 诏问：皇帝的诏书。

② 岭上：山岭之上。陶弘景曾移居大、中茅山间的积金岭。

③ 不堪：不能。

宋 · 马远《陶弘景听松图》

陪润州薛司空、丹徒桂明府游招隐寺①

骆宾王

共寻招隐寺，初识戴颙家②。
还依旧泉壑，应改昔云霞。
绿竹寒天笋，红蕉腊月花。
金绳倘留客③，为系日光斜。

［作者简介］

骆宾王（约640—684），婺州义乌（今属浙江）人。与王勃、杨炯、卢照邻合称为“初唐四杰”。武后时，数上书言事，贬临海丞，弃官去。唐睿宗文明元年（684），随徐敬业起兵讨武后，兵败被杀。

［注释］

① 润州薛司空、丹徒桂明府：润州的州、县两级官员，身份不详。招隐寺：在镇江南郊兽窟山，为刘宋景平元年（423）昙度创建，因南朝雕刻家、音乐家戴颙隐居此，故名。

② 戴颙家：戴颙的隐居地。

③ 金绳：佛经中谓离垢国用以分别界限的金制绳索，亦借指地平线。

竹林寺[1]

李峤

早起出城市，
寻僧到竹林。
始知竹林幽，
僧栖云自深。

[作者简介]

李峤(644—713)，字巨山，赵州赞皇(今属河北)人。二十岁举进士，曾任唐监察御史、给事中等职。武后、中宗朝屡居相位，封赵国公。睿宗时，左迁怀州刺史。玄宗时，贬滁州别驾。李峤对律诗和歌行发展有一定的作用与影响。他前与王勃、杨炯相接，又和杜审言、崔融、苏味道并称“文章四友”。

[注释]

① 竹林寺：寺名，六朝时建，位于镇江城南黄鹤山。南朝宋高祖刘裕即位后，改称鹤林寺。唐时又称古竹院。

清·周镐《竹林听泉》

渡扬子江

孟浩然

桂楫中流望，京江两畔明①。
林开扬子驿②，山出润州城。
海尽边阴静，江寒朔吹生。
更闻枫叶下，淅沥度秋声。

［作者简介］

孟浩然（689—740），襄州襄阳（今湖北襄樊）人，世称孟襄阳。因一生未曾入仕，又称之为孟山人。有《孟浩然集》。

［注释］

① 京江：京口（今江苏镇江）城北一段长江，别称京江。

② 扬子驿：驿站，在扬州城南十五里扬子津。

芙蓉楼送辛渐[1]

王昌龄

寒雨连江夜入吴[2]，
平明送客楚山孤。
洛阳亲友如相问，
一片冰心在玉壶[3]。

丹阳城南秋海阴[4]，
丹阳城北楚云深。
高楼送客不能醉，
寂寂寒江明月心。

[作者简介]

王昌龄(698—约757)，字少伯，京兆万年(今陕西西安)人。唐开元十五年(727)进士及第，授秘书省校书郎。开元末贬江宁县丞，天宝七年(748)再贬龙标尉。世称王江宁或王龙标。安史之乱中，被亳州闾丘晓所杀。他以写边塞、妇女诗和赠别诗著名，七言绝句写得尤其出色，时人赞为“诗家天子”。

[注释]

① 芙蓉楼：润州郡城西北楼，东晋王恭为南徐州刺史时所建，后毁。今在金山景区复建。辛渐：一作辛渐长，生平事迹不详。

② 吴：与下句的“楚”泛指长江中下游地区。

③ 一片冰心在玉壶：以心如玉壶中之冰，比喻诗人品格高洁。鲍照《代白头吟》有“清如玉壶冰”句。

④ 丹阳：指丹阳郡，郡城在润州(今镇江)。

次北固山下①

王　湾

客路青山外，行舟绿水前。
潮平两岸阔，风正一帆悬。
海日生残夜②，江春入旧年③。
乡书何处达？归雁洛阳边④。

［作者简介］

王湾，生卒年不详，洛阳（今属河南）人。唐玄宗先天元年（712）进士，官洛阳尉。

［注释］

① 次：停留。北固山：位于镇江市区东北江边，又名北顾山。山壁陡峭，形势险固，南朝梁武帝曾题书“天下第一江山”。由前峰、中峰和后峰三部分组成，后峰为主峰，风景最佳。

② 残夜：夜之残余，意即天快亮时。

③ 江春入旧年：旧年未尽，江南已见春意（立春常在阴历前一年底）。

④ 洛阳：在今河南，作者家乡。

焦山望松寥山[1]

李　白

石壁望松寥，宛然在碧霄[2]。
安得五彩虹[3]，驾天作长桥。
仙人如爱我，举手来相招。

[作者简介]

李白(701—762)，字太白，号青莲居士。陇西成纪(今甘肃静宁西南)人，唐中宗时随父迁蜀。玄宗天宝元年(742)奉诏入京供奉翰林，三年(744)被赐金放还。安史之乱中，因参加永王李璘幕府被流放夜郎，遇赦归。后卒于当涂。他的作品豪放、自然，有浪漫主义色彩。后人编有《李太白集》。

[注释]

① 焦山：位于镇江市区东北的长江中，因东汉焦光隐居于山中而得名。又因满山树木葱茏，宛如江中浮玉而名“浮玉山”。松寥山：焦山北面的一座小岛，与夷山对峙，合称“海门”。

② 宛然：仿佛。碧霄：碧空。

③ 安得：怎能有。

送灵澈上人①

刘长卿

苍苍竹林寺，
杳杳钟声晚②。
荷笠带夕阳③，
青山独归远。

［作者简介］

刘长卿(709—约780)，字文房，宣州(今安徽宣城)人。唐代天宝年间进士，历任长洲尉、转运使判官、随州刺史，世称刘随州。他善于描绘自然景物，特别长于五言绝句，自诩“五言长城”。后人编有《刘随州集》。

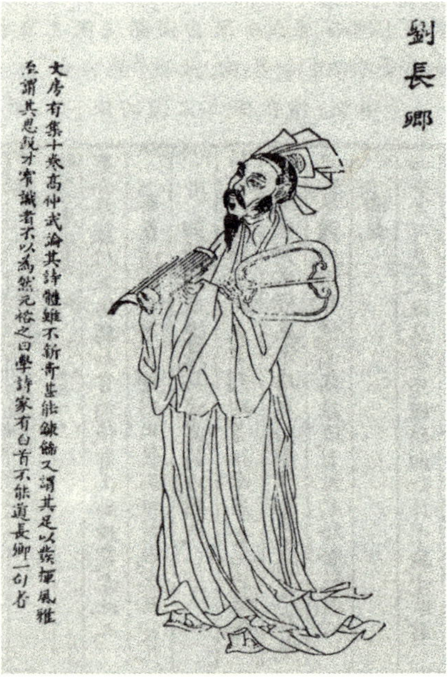

刘长卿像

［注释］

① 灵澈：当时著名诗僧，本姓汤，元和十一年(816)卒于宣州。

② 杳杳：深远。

③ 荷笠：头戴斗笠。荷，负，这里指顶着。

北固晚眺答张继[1]

皇甫冉

怅望南徐登北固[2]，
迢遥西塞阻东关[3]。
落日临川问音信[4]，
寒潮唯带夕阳还。

［作者简介］

皇甫冉(717—770)，字茂政，润州丹阳(今江苏镇江)人。十岁能属文，张九龄呼为小友。唐代天宝中举进士第。曾任无锡县尉、左金吾卫兵曹参军右补阙等职。

［注释］

① 张继(？—约779)，字懿孙，南阳(今属河南)人。唐代诗人。有《枫桥夜泊》等诗传世。皇甫冉于大历五年(770)回家乡润州，其时好友张继正在洪州(今江西南昌)任转运使判官，先写了一首六言小诗表达对皇甫冉的思念之情，皇甫冉便写此诗作为酬答。

② 南徐：润州的别称。

③ 迢遥：长而远的样子。西塞：西塞山，位于鄂州武昌(今湖北大冶)东长江边上，与洪州相连。东关：指秣陵关，在润州上元(今江苏南京)。

④ 临川：抚州(今属江西)别称，与洪州相邻。

题李尊师山房[1]

秦　系

天师百岁少如童[2]，不到深山竟不逢。
洗药每临新瀑水，步虚时上最高峰[3]。
篱根五月留残雪，座右千年荫古松。
此去人寰知远近，回看云壑一重重。

［作者简介］

秦系（约720—810），字公绪，越州会稽（今浙江绍兴）人。唐代天宝末，避乱居剡溪，自号东海钓客。大历五年（770），北都留守薛兼训爱其文，奏为右卫率府仓曹军，不就。后客居泉州南安，结庐山中，自号南安居士。后又东渡秣陵，卒。

［注释］

① 李尊师：从作者生卒时间上看，疑指茅山上清派第13代宗师李含光（682—769）。

② 天师：对道教高人的尊称，此指李尊师。

③ 步虚：道士在醮坛上讽诵词章采用的曲调行腔，多在绕坛、穿花等行进中诵唱，传说其旋律如众仙缥缈，步行虚空，故得名“步虚声”。

罢郡姑苏，北归渡扬子津①

刘禹锡

几岁悲南国②，今朝赋北征③。
归心渡江勇，病体得秋轻。
海阔石门小④，城高粉堞明⑤。
金山旧游寺，过岸听钟声。

［作者简介］

刘禹锡(772—842)，字梦得，洛阳(今属河南)人。唐贞元七年(791)进士，又中博学宏词科，官监察御史。和柳宗元参加以革新政治为目的的王叔文集团，失败，被贬朗州司马。后入朝为太子宾客，也称刘宾客。其诗与白居易并称“刘白”，仿民歌而作的《竹枝词》对后世影响甚大。有《刘梦得文集》。

［注释］

① 姑苏：今江苏苏州。扬子津：在扬州城南约十五里，为长江北岸渡口。

② 南国：南方。

③ 北征：北行。

④ 石门：指石山对峙形成的海门。

⑤ 粉堞：白墙，粉涂的城垣。

润州听暮角①

李　涉

江城吹角水茫茫②，
曲引边声怨思长。
惊起暮天沙上雁，
海门斜去两三行③。

[作者简介]

李涉，生卒年不详，自号清溪子，洛阳（今属河南）人。唐宪宗时，曾贬官硖州司仓参军，文宗太和中，任太学博士，后因故流放康州。

[注释]

① 暮角：傍晚的军号声。角，古代一种乐器名，多用作军号。

② 江城：这里指润州，因润州临江，故称。

③ 海门：焦山东北有两山对峙，谓之海门。唐时润州近海，也称海门。

清・周镐《海门泛月》

题鹤林寺壁①

李　涉

终日昏昏醉梦间，
忽闻春尽强登山②。
因过竹院逢僧话，
偷得浮生半日闲③。

[**注释**]

① 鹤林寺：见李峤《竹林寺》注。

② 强：勉强。

③ 浮生：人生。古人认为人生在世，虚浮无定，故称人生为浮生。

鹤林寺图（辑自《丹徒县志摭余》）

重游练湖怀旧①

许　浑

西风渺渺月连天，同醉兰舟未十年②。
鹏鸟赋成人已没③，嘉鱼诗在世空传④。
荣枯尽寄浮云外，哀乐犹惊逝水前⑤。
日暮长堤更回首，一声邻笛旧山川⑥。

[作者简介]

许浑(788—858)，字用晦，一作仲晦，籍贯洛阳(今属河南)，成年后移家京口(今江苏镇江)丁卯涧。因以丁卯名其诗集，后人也称其为"许丁卯"。唐文宗太和六年(832)进士，官监察御史，终睦州、郢州刺史。有《丁卯集》。

[注释]

① 练湖：原在丹阳县北。现处丹阳市西郊，许浑故居在此。

② 兰舟：木兰树所刻之舟，用为船的美称。

③ 鹏鸟赋：汉代文学家贾谊所作。贾谊死时才30余岁，此句借此叹息友人早逝。

④ 嘉鱼诗：《诗经·小雅》有"南有嘉鱼"诗篇，描写宾客宴会之场景，表现宾主之间的融洽和快乐。

⑤ 逝水：《论语·子罕》："子在川上曰：'逝者如斯夫，不舍昼夜。'"

⑥ 一声邻笛旧山川：晋向秀与好友嵇康、吕安共居山阳。嵇、吕殁后，向秀重经山阳旧居，听到"邻人有吹笛者，发声寥亮，追想曩昔游宴之好，感音而叹"，故作《思旧赋》。事见《晋书·向秀传》。

夜归丁卯桥村舍①

许　浑

月凉风静夜，归客泊岩前。
桥响犬遥吠，庭空人散眠。
绿蒲低水槛②，红叶半江船。
自有还家计，南湖二顷田③。

[注释]

① 丁卯桥：村名，原名丁卯埭，在旧丹徒县城（今镇江市区）南三里。桥在丁卯埭港口。

② 绿蒲：绿色的蒲草。蒲，即香蒲，水生植物名，可以制席，嫩的可食。

③ 南湖：丹阳练湖。宋胡宗愈《许仲晦传》："其田在练湖之南，即今子孙世守其业。"

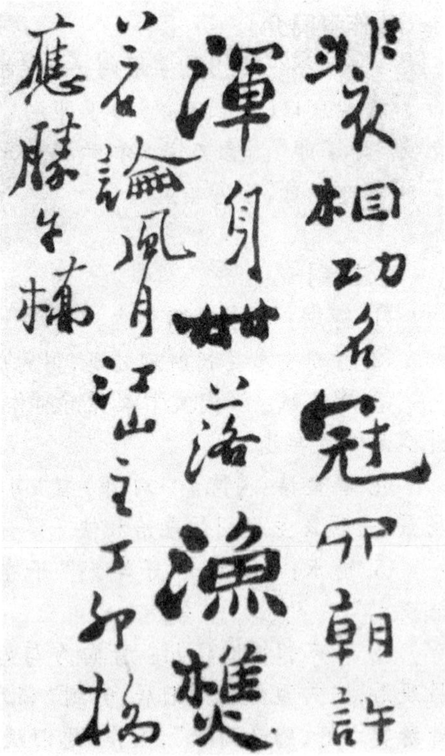

陆游《读许浑诗集》（郑燮书）

题金陵渡①

张 祜

金陵津渡小山楼②，
一宿行人自可愁。
潮落夜江斜月里③，
两三星火是瓜洲④。

［作者简介］

张祜（约789—约853），字承吉。郡望清河东武城（今属山东）。早年寓居苏州，唐宪宗、穆宗、文宗时，曾三次入长安谋仕，均无获。后隐居润州丹阳（今属江苏）。以处士终，人称“张处士”。他喜爱游山玩水，曾游历各地。有《张承吉文集》10卷。

［注释］

① 金陵渡：即西津渡，位于镇江城西。唐代润州一度称金陵，故称。今镇江有西津渡街。

② 小山楼：诗人的寄居之地。西津渡在蒜山山麓，小山楼可能指蒜山。

③ 斜月：月已西斜。

④ 瓜洲：指对岸的瓜洲镇，古为南北交通要冲，清末沦入长江。今扬州市邗江区瓜洲镇在原址北十余里处。

题金山寺[1]

孙　鲂

山载江心寺，鱼龙是四邻。
楼台悬倒影，钟磬隔嚣尘[2]。
过橹妨僧定[3]，惊涛溅佛身。
谁言题咏处[4]，流响更无人？

[作者简介]

孙鲂，生卒年不详，字伯鱼，南昌（今属江西）人。唐末曾从郑谷学诗。

[注释]

① 金山寺：位于镇江金山，我国著名的禅宗古刹。始建于东晋，初名泽心寺，南朝、唐朝时称金山寺，宋时两度改称龙游寺，元代起又称金山寺。清康熙南巡时，赐"江天禅寺"匾额，但仍以金山寺名扬海内外。

② 嚣尘：即尘嚣，指市井的喧闹和污浊。

③ 定：僧人坐禅。

④ 题咏处：诗人张祜题诗的地方。张祜《题润州金山寺》被推为金山绝唱。中间二联"僧归夜船月，龙出晓堂云。树色中流见，钟声两岸闻"妙极自然。

更漏子

温庭筠

背江楼,临海月,城上角声呜咽。堤柳动,岛烟昏,两行征雁分。

京口路,归帆渡,正是芳菲欲度。银烛尽,玉绳低①,一声村落鸡。

[作者简介]

温庭筠(812?—870?),原名岐,字飞卿,唐代太原(今属山西)人。才思敏捷,少时在试官面前作赋,常叉八次手就写成八韵,时称“温八叉”。但几次去考进士都没有考上,只做过襄阳巡官、国子助教、方城(今河南方城附近)尉一类的官。诗词并工,精通音律,对规范词的格律形式起了较大作用。近人辑有《金荃集》。

[注释]

① 玉绳:星名。

清·周镐《西津晓渡》

金 山 寺

杜荀鹤

僧爱无尘地，江心岛上居。
接船山影瘦，登陆路头疏。
载土春栽树①，抛生日放鱼②。
入云萧帝寺③，毕竟意何如？

［作者简介］

杜荀鹤（846—904），字彦之，号九华山人，池州石埭（今安徽石台）人。晚唐大顺二年（891）进士，历任主客员外郎、翰林学士。有《唐风集》。

［注释］

① 载土：装载泥土。

② 抛生：放生。

③ 萧帝寺：梁武帝萧衍到处建寺造塔，命萧子云大书“萧寺”，后人诗篇中多用“萧帝寺”“萧寺”称佛寺。

宋·李唐《大江浮玉》（摹品）

润州慈和寺上房①

[新罗]崔致远

登临暂隔路岐尘，吟想兴亡恨益新。
画角声中朝暮浪②，青山影里古今人。
霜摧玉树花无主③，风暖金陵草自春④。
赖有谢家馀境在⑤，长教诗客爽精神。

[作者简介]

崔致远(857—?)，字孤云。唐朝时从新罗来华，在中国生活、仕宦长达16年。他以宾贡(异域贡士)身份登科第，并在淮南高骈幕府为刀笔吏4年。他的诗在韩国文学史上有“千仞绝壁，万里洪涛”之誉，被韩国人尊为“东国儒宗”。

崔致远像

[注释]

① 慈和寺：在寿丘山巅，南朝宋武帝故宅，南朝陈初创寺，名慈和，宋改名延庆。今其地为江苏大学梦溪校区。

② 画角：一种乐器，古代军中用的号角。

③ 玉树：《玉树后庭花》，南朝亡国之君陈后主(陈叔宝)作。

④ 金陵：唐朝江宁一度属润州，故润州别称金陵。

⑤ 谢家馀境：以六朝“二谢”(谢灵运、谢朓)为代表的山水诗馀绪。

向吴亭[①]

李　雄

向吴亭外岳重重，览古题诗兴未穷。
北苑雨余烟绕郭，南朝事去草连空。
钓歌不尽青溪月[②]，王气潜销玉树风[③]。
唯有潮声至今在，夜深长到郡城中[④]。

[作者简介]

李雄，洛巩(今河南洛阳)一带人。后唐庄宗同光甲申岁游金陵、成都、邺下，各为咏古诗三十章，以三国鼎峙，故曰《鼎国集》。

[注释]

① 向吴亭：北宋孔平仲《孔氏杂说》："向吴亭在润州官舍。"后名通吴驿，在府治南三里。杜牧《润州》："向吴亭东千里秋，放歌曾作昔年游。"

② 钓歌：渔歌，渔人所唱的歌。青溪：水道名。它发源于南京钟山，汇合于前湖(今称燕雀湖)，南流入城后，北接潮沟，南入秦淮。开凿于东吴赤乌四年(241)，原名"东渠"。

③ 玉树风：即《玉树后庭花》。

④ 郡城：润州州城。

京口即事①

范仲淹

突兀立孤城②,诗中别有情。
地深江底过,日在海心生。
甘露楼台古③,金山气象新④。
六朝人薄命⑤,不见此升平。

[作者简介]

范仲淹(989—1052),字希文,吴县(今江苏苏州)人。北宋大中祥符八年(1015)进士。曾出知苏州,历仕枢密副使、参知政事,推行新政。谥文正。有《范文正公集》。范仲淹曾在景祐年间任润州知州,重建了清风桥,后人更名范公桥,以纪念他。桥址在今正东路酒海街口。

[注释]

① 京口即事:咏写镇江城当前的景物。

② 突兀:高耸,指镇江城耸立于江边的险要地理位置。

③ 甘露:指北固山,因相传三国时甘露年间建甘露寺,又名甘露山,山顶有多景楼等名胜。

④ 金山:位于镇江市西北,原是屹立于长江中的一个岛屿,清同治年间,开始与南岸陆地相连,水山风光变为陆地胜景。山上有金山寺、妙高台、法海洞等名胜古迹。

⑤ 六朝:指三国吴、东晋和南朝的宋、齐、梁、陈,这六个朝代均建都南京,故名。六朝时镇江因邻近首都,地理位置重要,十分繁荣。

送识上人游金山登头陀岩[1]

范仲淹

空半簇楼台，红尘安在哉[2]？
山分江色破，潮带海声来。
烟景诸邻断[3]，天光四望开。
疑师得仙去[4]，白日上蓬莱。

[**注释**]

① 识上人："上人"为和尚的尊称，"识"是僧名中的一个字。头陀岩：在金山西北，传为金山开山祖师裴头陀栖身处。

② 红尘：繁华之地。

③ 诸邻断：山四周烟雾弥漫之际，江岸看不清楚，似与山隔断。

④ 师：指识上人。

范仲淹像

宿甘露寺僧舍①

曾公亮

枕中云气千峰近，
床底松声万壑哀②。
要看银山拍天浪③，
开窗放入大江来。

［作者简介］

曾公亮(998—1078)，字明仲，泉州晋江(今属福建)人。北宋进士，曾任吏部侍郎、昭文馆大学士等职。

［注释］

① 甘露寺：位于北固山后峰上，相传因建于三国东吴甘露元年(265)而得名。

② 松声：风吹松树林发出的声响。万壑：许多山谷。万，极言多。哀：呼号。

③ 银山：江中的白浪高大如山，故称银山。

甘 露 寺

欧阳修

曾非远城郭，寂尔隔嚣氛①。
尚有南朝树②，能留北固云。
川涛观海若③，霜磬入江溃④。
卫国丹青在⑤，孤堂绿桂熏⑥。

[作者简介]

欧阳修(1007—1072)，字永叔，号醉翁，晚年又号六一居士。庐陵(今江西永丰)人。宋天圣八年(1030)年进士，官至翰林学士、枢密副使、参知政事等。诗、词、文俱佳，为“唐宋八大家”之一。有《欧阳文忠公集》《六一词》。

[注释]

① 嚣氛：指人世间的喧闹与尘氛。

② 南朝树：南朝古树。

③ 海若：海神。焦山有海若庵。

④ 江溃：江边。

⑤ 卫国丹青：卫国公李德裕的画像。李德裕为唐名相，曾任润州刺史。甘露寺为其改建。寺内悬其画像以供瞻仰。

⑥ 绿桂熏：(堂前)桂树芬芳。暗喻李德裕流芳后世。

宝　墨　亭①

苏舜钦

山阴不见换鹅经②，京口今存瘗鹤铭。
潇洒集仙来作记③，风流太守为开亭④。
两篇玉蕊尘初涤⑤，四体银钩藓尚青⑥。
我久临池无所得⑦，愿观遗法快沉冥⑧。

［作者简介］

苏舜钦(1008—1048)，字子美，梓州铜山(今四川中江)人，徙居汴梁(今河南开封)。曾任大理评事，以议论触权贵，罢居苏州，筑沧浪亭自适。诗与梅尧臣齐名。有《苏学士集》。

［注释］

① 此诗全题为："丹阳子高得逸少瘗鹤铭于焦山之下，及梁唐诸贤四石刻，共作一亭，以宝墨名之。集贤伯镇为之作记，远来求诗。因作长句以寄"。瘗鹤铭，南北朝时的摩崖刻石，在焦山崖石上，后落入长江中，清康熙中，移置山上的定慧寺。现仅存五残石，合砌于焦山壁间。铭文笔势开扩，点画飞动。宋黄庭坚称"大字无过瘗鹤铭"。宝墨亭，在焦山，一说在北固山南峰府衙后。

② 山阴：今浙江绍兴。换鹅经：王羲之曾为山阴道士写《黄庭经》，道士笼鹅相还。

③ 集仙：指题中的"集贤伯镇"刁约。刁约(994—1077)，字景纯，世居京口(今江苏镇江)。曾为集贤校理，故称"集仙"。

④ 太守：州郡长官的古称。这里指钱彦远，庆历六年(1046)知润州。

⑤ 玉蕊：花名，此指移置亭内的《瘗鹤铭》残石。

⑥ 四体银钩：此指四块梁唐石刻。藓尚青：（四块石刻）已长有青苔。

⑦ 临池：习字。

⑧ 沉冥：沉思。

宋拓瘗鹤铭

甘露寺多景楼[1]

曾　巩

欲收佳景此楼中，徙倚阑干四望通[2]。
云乱水光浮紫翠，天含山气入青红。
一川钟呗淮南月[3]，万里帆樯海外风。
老去衣衿尘土在[4]，只将心目羡冥鸿[5]。

[作者简介]

曾巩（1019—1083），字子固，建昌南丰（今属江西）人。宋嘉祐二年（1057）进士，曾任越州通判，齐州、福州知府，官至中书舍人。擅文，“唐宋八大家”之一。有《元丰类稿》。

[注释]

① 多景楼：原名临江亭，位于镇江北固山后峰，创建于唐代。因唐代李德裕《题临江亭》诗中“多景悬窗牖”句而改名多景楼。

② 徙倚：信步流连。

③ 钟呗：佛寺钟声和诵经声。淮南：指对岸扬州。

④ 老去衣衿尘土在：意谓老了还在做官，不得归隐。

⑤ 冥鸿：远飞不见形影的大雁。

金 山 寺

司马光

秀刹冠嵯峨①，松门路薜萝②。
风清尘不到，岸阔鸟难过。
欲雨江声怒，新晴海气多。
行舟未摇棹，四望隔烟波。

［作者简介］

司马光（1019—1086），字君实，陕州夏县（今属山西）人。宋仁宗宝元元年（1038）进士。历知谏院、翰林学士，因反对王安石新法而出知永兴军（治所在今陕西西安）。后居洛阳多年，主编《资治通鉴》。哲宗即位，入朝为相，尽废新法。谥文正，追封温国公。有《司马文正公集》。

［注释］

① 秀：突出。

② 薜萝：薜荔与女萝，皆蔓生植物。

清 · 张鉴《京江胜景图》

金 山 寺

王安石

数重楼枕层层石①，四壁窗开面面风。
忽见鸟飞平地上，始惊身在半空中②。
插云金壁虹千丈，倚汉峥嵘玉一峰③。
想得高秋凉月夜，分明人世蕊珠宫④。

［作者简介］

王安石（1021—1086），字介甫，号半山，临川（今江西抚州）人。宋仁宗庆历二年（1042）进士，曾知江宁府，后任翰林学士兼侍讲、参知政事等职，两度为相。主张政治革新，推行新法。诗、词、文俱佳，“唐宋八大家”之一。有《临川集》。

［注释］

① 枕：作动词用，念 zhèn。

清・周镐《浮玉观涛》

② “忽见”二句：化用唐人章八元《雁塔题名》“却怪鸟飞平地上，自惊人语半空中”句。

③ 倚汉：高倚云汉。汉，霄汉，银河别称。峥嵘：深险而高峻。

④ 蕊珠宫：神仙所居的地方。

次平甫金山会宿韵，寄亲友①

王安石

天末海门横北固，烟中沙岸似西兴②。
近无画舫犹闻笛，远有楼台只见灯。
山月入松金破碎，江风吹水雪崩腾③。
飘然欲作乘桴意④，一到扶桑恨未能⑤。

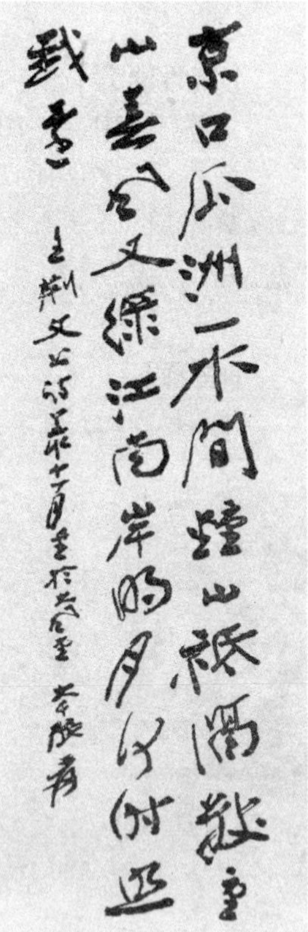

王安石《泊船瓜洲》(张大千书

[**注释**]

① 平甫：王安石弟王安国，字平甫。

② 西兴：本名西陵，在浙江萧山城外十二里，为吴越通津。

③ 雪崩腾：浪花纷飞。雪，此处喻浪花。

④ 乘桴：驾竹木筏。《论语·公冶长》："乘桴浮于海。"

⑤ 扶桑：太阳升起之处。

金山妙高台①

苏　轼

我欲乘飞车②，东访赤松子③。
蓬莱不可到，弱水三万里④。
不如金山去，清风半帆耳。
中有妙台高，云峰自孤起。
仰观初无路，谁信平如砥。
台中老比丘⑤，碧眼照窗几。
巉巉玉为骨⑥，凛凛霜入齿⑦。
机锋不可触⑧，千偈如翻水⑨。
何须寻德云⑩，即此比丘是。
长生未可学，请学长不死。

[作者简介]

苏轼(1037—1101)，字子瞻，号东坡居士，眉州眉山(今属四川)人。宋嘉祐二年(1057)进士。神宗时曾任祠部员外郎，因反对王安石新法而求外职，任杭州通判，知密州、徐州、湖州。与父洵弟辙，合称“三苏”。在政治上属于旧党，但也有改革弊政的要求。苏轼诗、词、文、书、画、文艺理论均有独到成就。其文汪洋恣肆，明白畅达，为“唐宋八大家”之一；诗与黄庭坚并称“苏黄”，开有宋一代诗歌新风气；词与辛弃疾并称“苏辛”，为“豪放派”的创始人。有《苏东坡集》《东坡乐府》。

[注释]

① 妙高台：位于金山绝顶。

② 飞车：《山海经》中有奇肱国，国人能为飞车，从风远行。

③ 赤松子：传说为神农时施雨的雨师。

④ 弱水：神话中称不能载舟之水为弱水。

⑤ 老比丘：老僧，此处指佛印。

⑥ 巉巉：山势高峻的样子。

⑦ 凛凛：严肃可敬畏的样子。

⑧ 机锋：禅语，指问答迅捷，不落痕迹而富含深意的句子。

⑨ 偈：佛经中的唱词。

⑩ 德云：此喻佛印。《华严经》云："德云比丘，所居妙高峰。"

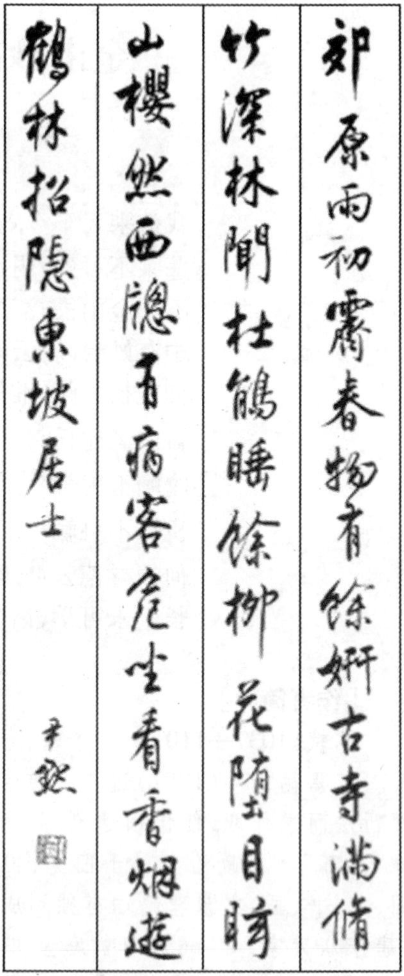

苏轼《游鹤林招隐》(沈尹默书)

醉落魄·离京口作[1]

苏　轼

轻云微月，二更酒醒船初发。孤城回望苍烟合[2]。记得歌时，不记归时节。　　巾偏扇坠藤床滑[3]，觉来幽梦无人说。此生飘荡何时歇？家在西南[4]，长作东南别。

［注释］

① 离京口作：熙宁七年（1074），苏轼在杭州通判任上，曾到京口（今江苏镇江）。

② 孤城：指京口城。

③ 巾偏扇坠：头巾偏了，扇子掉了，形容睡中不知不觉。

④ 家在西南：作者家乡在四川眉山，故云。

明·沈周《京江送别图》

游竹林院①

苏　轼

行歌白云岭，坐咏修竹林。
风轻花自落，日薄山半阴②。
涧草谁复识，闻香杳难寻③。
时见城市人，幽居惜未深④。

［注释］

① 竹林院：即鹤林寺。
② 半阴：昏暗。
③ 杳：远得没有尽头。
④ 幽居：隐居。

寄题刁景纯藏春坞

苏 轼

白首归来种万松①，时看千尺舞春风。
年抛造物陶甄外②，春在先生杖履中。
杨柳长齐低户暗，樱桃烘熟滴阶红。
何时相与徐元直③，共访襄阳庞德公④。

［注释］

① 白首归来种万松：刁约曾在镇江修葺园林住宅，取名藏春坞。遗迹在范公桥东，即今镇江市区丁家巷一带。坞西临水，在小山阜上种许多松树，称万松冈。刁诗云："城南已葺藏春坞，溪侧方营逸老堂。岭上万松山径合，江中千稻一丘黄。"

② 陶甄：喻造化，自然界。

③ 徐元直：徐庶，字元直，东汉末年名士。《三国志・诸葛亮传》称"颍川徐庶元直""折节学问"，"义理精熟"，和石韬、孟公威、诸葛亮俱游学于襄阳，而"又与诸葛亮特相善"。

④ 庞德公：东汉隐士，荆州刺史刘表数次延请不至，后携妻子登鹿门山采药不返。

少年游·润州作,代人寄远①

苏　轼

去年相送,余杭门外②,飞雪似杨花。今年春尽,杨花似雪,犹不见还家③。　对酒卷帘邀明月,风露透窗纱。恰似姮娥怜双燕,分明照、画梁斜④。

[注释]

① 熙宁七年(1074)作。王文诰《苏文忠公诗编注集成总案》谓“代人寄远”为托词,实寓作者“行役未归”之感。作者于熙宁六年冬离开杭州去润州等地办理赈饥事,至次年春末尚未归家。

② 余杭:杭州在隋唐时曾称余杭。

③ 上阕翻用《诗经·小雅·采薇》“昔我往矣,杨柳依依;今我来思,雨雪霏霏”等句意。

④“恰似”三句:姮娥,传说中的月中女神嫦娥。《淮南子·览冥》:“羿请不死之药于西王母,姮娥窃以奔月。”后因避汉文帝刘恒讳,改“姮”为“嫦”。此处以姮娥代月,谓月光斜照梁上双栖燕子,情调感伤,自己情景与之相似。

采桑子·润州多景楼与孙巨源相遇[1]

苏　轼

润州甘露寺多景楼，天下之殊景也。甲寅仲冬，余同孙巨源、王正仲参会于此。有胡琴者，姿色尤好。三公皆一时英秀，景之秀，妓之妙，真为希遇。饮阑[2]，巨源请于余曰："残霞晚照，非奇才不尽。"余作此词。

多情多感仍多病，多景楼中。尊酒相逢，乐事回头一笑空。
停杯且听琵琶语[3]，细撚轻拢[4]。醉脸春融，斜照江天一抹红。

［注释］

① 熙宁七年（1074），作者赴密州（今山东诸城）知州任，过润州，与王存（字正仲）、孙洙（字巨源）剧饮，游润州多景楼，作此词。

② 饮阑：饮酒罢。

③ 琵琶语：指歌妓所弹琵琶能传达感情如言语。白居易《琵琶行》："今朝闻君琵琶语，如听仙乐耳暂明。"

④ 细撚轻拢：演奏琵琶指法，撚指揉弦，拢指按弦。白居易《琵琶行》："轻拢慢撚抹复挑。"

金山怀古

黄庭坚

星陨高冈势若浮①，上擎青殿宝香楼②。
裴公托迹开神秘③，真庙颁名纪梦游④。
东际云航来越国⑤，北边烟树认扬州。
笑看郭璞坟前水⑥，激石淘沙几日休。

[作者简介]

黄庭坚（1045—1105），字鲁直，号山谷道人，洪州分宁（今江西修水）人。北宋英宗治平四年（1067）进士，曾任国子监教授、国史编修官等职。“苏门四学士”之一，“宋四家”之一。有《山谷内集》《山谷外集》。

[注释]

① 星陨：陨星陨落。相传金山为“星化石于江中”。

② 青殿：佛殿。

③ 裴公：相传中唐时裴头陀在润州开山得金建寺，朝廷赐名金山，后人尊其为“开山裴祖”。

④ 真庙颁名：宋真宗于大中祥符年间自谓梦游金山寺，遂赐名金山寺为“龙游禅寺”。

⑤ 越国：泛指江南一带。

⑥ 郭璞坟：在金山西石簰下。郭璞，字景纯，东晋人。

金山晚眺

秦　观

西津江口月初弦[1]，
水气昏昏上接天[2]。
清渚白沙茫不辨，
只应灯火是渔船[3]。

［作者简介］

秦观（1049—1100），字少游，号太虚，号淮海居士，宋代高邮（今属江苏）人。曾任秘书省正字，兼国史院编修官等职。因政治上倾向于旧党，被目为元祐党人，累遭贬谪。文辞为苏轼所赏识，是“苏门四学士”之一。工诗词，风格委婉含蓄，清丽雅淡。有《淮海集》《淮海居士长短句》。

［注释］

① 西津：即西津渡，由润州渡江至瓜洲镇的渡口。初弦：指农历每月初八日前后的月亮。月斜向上，状如弓弦形。

② 昏昏：不清楚、迷迷糊糊的样子。

③ 只应：料当。

南徐好·渌水桥[1]

释仲殊

南徐好[2]，桥下绿波平。画柱千年尝有鹤[3]，垂杨三月未闻莺。行乐过清明。　　南北岸，花市管弦声。邀客上楼双榼酒[4]，舣舟清夜两街灯。直上月亭亭。

[作者简介]

释仲殊(?— 1104?)，俗姓张，名挥安，字师利，法名仲殊，宋代安州(今湖北安陆)人。举进士不第。后弃家为僧，居苏州承天寺、杭州宝月寺。相传与润州知州有旧交，故经常逗留于镇江山水之间。有《宝月集》。

[注释]

① 南徐好：词牌名，又称“忆江南”或“江南好”。此组词共有十首，为北宋释仲殊分咏南徐十景之作，此为十首之三。渌水桥：即绿水桥。旧址在原千秋桥西北(贴近四牌楼旁)，跨越市内关河之上。自唐以来颇负盛名，唐代杜牧《润州》诗有“青苔寺里无马迹，绿水桥边多酒楼”的名句。桥身高耸，俗呼“高桥”。

② 南徐：古州名。治所在京口(今江苏镇江)。

③“画柱”句：用丁令威故事，说明牌楼画柱年久，以衬托渌水桥历史。《搜神后记》：“丁令威学道于灵虚山，后化鹤归来，集华表柱云：有鸟有鸟丁令威，去家千年今始归。城郭如故人民非，何不学仙冢累累?”

④ 榼：酒器。

咏丹阳玉乳泉①

张　耒

岩松偃盖不知年②，
寂寂秋灯宝供前③。
清澈一泓传万古④，
空山长伴白衣仙⑤。

[作者简介]

张耒(1054—1114)，字文潜，号柯山，人称“宛丘先生”，楚州淮阴(今属江苏)人。宋熙宁年间(1068—1077)进士，历任临淮主簿，累迁著作郎、史官检讨、起居舍人等。“苏门四学士”之一。

[注释]

① 玉乳泉：位于今丹阳市区东北广福寺观音殿前。

② 偃盖：形容松树枝叶横垂，张大如伞盖之状。

丹阳玉乳泉

③ 宝供：佛教语。本谓陈列佛经、神主等以备祭礼的地方，此指广福寺。

④ 泓：潭，深水。此喻玉乳泉井。

⑤ 白衣仙：指观音。

大港即事[1]

蔡 肇

村落家家有酒沽，黄童白叟醉相扶②。
恨无韩滉丹青手③，更作丰年几幅图。

野草追随岸接䍦④，紫荆门巷日平西。
自言今岁春耕早，腊雪消来水一犁⑤。

[作者简介]

蔡肇(？—1119)，字天启，润州丹阳(今属江苏)人。宋元丰二年(1079)及进士第，历明州司户参军、江陵推官、常州通判。宋徽宗时，入为吏部员外郎，兼修国史，后擢中书舍人，罢为显谟阁待制，知明州。

[注释]

① 大港：亦名安港，又称洪溪、鸿溪，位于镇江城东北四十里，临江。宋置镇，今为镇江新区行政中心所在地。

② 黄童白叟：小孩和老人。

③ 韩滉：唐代名画家，以画牛著名。丹青手：画家的手笔。丹青，指绘画。

④ 岸：高耸貌。接䍦：一种头巾。

⑤“腊雪”句：意谓瑞雪融化后给新年春耕带来便利。

金　山

岳　飞

第一泉头过九日①，
黄花犹带客重来②。
男儿有意扶中国③，
不斩楼兰不易回④。

［作者简介］

岳飞（1103—1141），字鹏举，相州汤阴（今属河南）人。宋抗金名将，官至枢密副使，封武昌郡开国公。以不附和议，被秦桧害死。谥武穆。有《岳武穆集》。

［注释］

① 第一泉：即中泠泉。原在扬子江心，是长江中独一无二的泉眼。唐代名士刘伯刍品尝各地泉水后，将水分为七等，中泠泉为第一等，故被誉为“天下第一泉”。九日：九月九日重阳节，古代有重阳赏菊的风俗。

中泠泉

② 黄花：菊花。

③ 中国：中原，这里指宋朝的江山社稷。

④ 楼兰：汉朝时西域小国，曾和西汉发生战争。后世用“斩楼兰”指消灭异族侵略者。“楼兰”这里可理解为金国。

隆兴甲申岁闰月游焦山

韩元吉

荒村日晴雪犹积，系缆焦公山下石①。
江翻断崖石破碎，《瘗鹤》千年有遗迹。
瘦藤百级跻上方，浮玉南北水中央。
樯竿如林出烟浦，酒船远与帆低昂。
老鸱盘风舞江面②，杀气淮南望中见③。
神龙只合水底眠，为洗乾坤起雷电。
观音岩前竹十寻④，大士不死知此心⑤。
醉归更唤殷七七⑥，利种好花开鹤林。

[作者简介]

韩元吉(1118—1187)，字无咎，开封雍丘(今河南开封)人。宋室南渡后，寓居信州上饶(今属江西)。宋绍兴二十八年(1158)曾为建安县令。隆兴间，官至吏部尚书。乾道九年(1173)为礼部尚书出使金国。淳熙初，曾前后两次出守婺州，一次出守建宁。后晋封颍川郡公，归老于信州南涧，因自号南涧翁。平生交游甚广，与陆游、朱熹、辛弃疾、陈亮等人相善，多有诗词唱和。有《涧泉集》《涧泉日记》。

[注释]

① 焦公山：焦山，原名樵山。宋真宗为纪念隐居于此的东汉末年处士焦光而改名焦山，也叫焦公山。

② 老鸱，一名鸢，一种猛禽。

③ 淮南：这里指对岸的扬州。

④ 观音岩：位于焦山山腰西南隅，上建观音阁。

⑤ 大士：观音大士。

⑥ 殷七七：晚唐道士，会异术。名天祥，又名道筌。尝自称七七，不知何所人。游行天下，不测其年寿。鹤林寺杜鹃花为天下第一，殷七七作幻术，能使其九月花开。

［日本］雪舟等扬《唐土胜景图卷》

水调歌头·多景楼

陆　游

江左占形胜①，最数古徐州②。连山如画，佳地缥渺著危楼。鼓角临风悲壮，烽火连空明灭③，往事忆孙刘④。千里曜戈甲，万灶宿貔貅⑤。

露沾草，风落木，岁方秋。使君宏放⑥，谈笑洗尽古今愁。不见襄阳登览⑦，磨灭游人无数，遗恨黯难收。叔子独千载⑧，名与汉江流⑨。

[作者简介]

陆游(1125—1210)，字务观，号放翁，宋代越州山阴(今浙江绍兴)人。绍兴中应礼部试，为秦桧所黜，孝宗即位后赐其进士出身。曾任镇江通判、夔州通判、宝章阁待制等。一生坚持抗金，并投身军旅。诗、词、文俱工。著述丰富，有《剑南诗稿》《渭南文集》等数十种存世。

[注释]

① 江左：江东，指长江下游江南东部地区。

② 古徐州：镇江在南朝时属南徐州。

③ 烽火：北方金人欲渡淮南下侵宋。镇江江北即为抗金前线。

④ 孙刘：三国吴主孙权、蜀主刘备。

⑤ 貔貅：古书中猛兽名，这里指勇猛的战士。

⑥ 使君：州郡长官。这里指镇江知府方滋。

⑦ 襄阳登览：晋羊祜镇襄阳，常登岘山。尝对人叹曰：“自有宇宙，便有此山。由来贤达胜士，登此远望，如我与卿多矣，皆湮没无闻，使人悲伤。”

⑧ 叔子：羊祜字叔子。

⑨ 汉江：又称汉水，流经襄阳。

金山观日出

陆　游

系船浮玉山①,清晨得奇观。
日轮擘水出②,始觉江面宽。
遥波蹙红鳞③,翠霭开金盘。
光彩射楼塔,丹碧浮云端④。
诗人窘笔力⑤,但咏秋月寒。
何当罗浮望⑥,涌海夜未阑。

[注释]

① 浮玉山:即金山。古时金山在江心,故称浮玉山。
② 擘:分开。
③ 蹙红鳞:波纹绉如红色鱼鳞。
④ 丹碧:红绿二色,指楼塔色彩。
⑤ 窘笔力:笔力不足,难以描绘出来。
⑥ 罗浮:山名,在广东增城。

晓过丹阳县(五首选三)

杨万里

朝来稍敢出船门①,霜熟依然冷逼人②。
刮地风来何处避?可怜岸筱猛回身③。

朱檐碧瓦照青澜,洁馆佳亭使往还④。
船上高桥三十尺,市人倚折石栏杆⑤。

鸡犬渔翁共一船,生涯多在箬篷间。
小儿不耐初长日,自织筠篮胜打闲⑥。

[作者简介]

杨万里(1127—1206),字廷秀,号诚斋,吉水(今属江西)人。宋高宗绍兴二十四年(1154)进士,官至太常丞、广东提点刑狱、秘书监等。平生主张抗金,秉性刚直。他的诗通俗明白,自成一家,时称“诚斋体”。有《诚斋集》。

[注释]

① 朝来:今朝,即今天。
② 霜熟:秋深稻熟时。
③ 筱:小竹子。
④ 洁馆佳亭:洁净佳美的驿馆。
⑤ 倚折:倚断,即指快要倚断,为夸张用法。
⑥ 筠篮:竹篮。打闲:赋闲,指旷度时光。

小泊新丰市[1]

杨万里

也知小倦泊楼船，
何苦争先柳岸边？
须把碧篙摇绿净[2]，
舟人不惜水中天[3]。

［注释］

① 新丰市：今镇江市丹徒区辛丰镇，在丹阳以北，镇江市区东南。

② 绿净：指水。

③ 水中天：水面天空倒影。

过扬子江

杨万里

只有清霜冻太空，更无半点荻花风①。
天开云雾东南碧，日射波涛上下红。
千载英雄鸿外去，六朝形势雪晴中。
携瓶自汲江心水②，要试煎茶第一功③。

[注释]

① 荻花：芦花。

② “携瓶”句：指用瓶汲取中泠泉水。《金山寺》载：“中泠泉，在金山之西，石弹山下，当波涛最险处。”故汲取甚为困难，据说要在正午之时将带盖的铜瓶用绳子放入泉中，然后迅速打开盖子，才能汲到真正的泉水。

③ 煎茶第一功：亲自取水煎茶侍奉金国的使臣，这就是我这个“接伴使”为朝廷建立的“第一功”啊！于自我调侃中带苦涩意。

永遇乐·京口北固亭怀古

辛弃疾

千古江山,英雄无觅、孙仲谋处。舞榭歌台,风流总被、雨打风吹去。斜阳草树,寻常巷陌,人道寄奴曾住①。想当年,金戈铁马,气吞万里如虎②。　　元嘉草草③,封狼居胥,赢得仓皇北顾。四十三年④,望中犹记、烽火扬州路。可堪回首,佛狸祠下⑤,一片神鸦社鼓⑥!凭谁问,廉颇老矣⑦,尚能饭否?

[作者简介]

辛弃疾(1140—1207),字幼安,号稼轩,宋代历城(今山东济南)人。一生主张抗金,但不被朝廷重用。晚年知镇江府,重视抗金的准备工作。有《稼轩长短句》。

[注释]

① 寄奴:南朝宋武帝刘裕小名。其先世彭城人,后迁居京口(今江苏镇江)。

② “想当年”三句:刘裕曾两次率晋军北伐,收复洛阳、长安等地。

③ 元嘉草草:元嘉是刘裕子刘义隆年号。草草,轻率。这句是说刘义隆好大喜功,仓促北伐,以致惨败。

④ 四十三年:作者于宋高宗绍兴三十二年(1162)南归,到写词时恰为四十三年。本词写于宋宁宗开禧元年(1205),时辛弃疾在京口任镇江知府。

⑤ 佛狸祠:魏太武帝拓跋焘小名佛狸。他曾在长江北岸瓜步山建立行宫,即后来的佛狸祠。拓跋焘在北方大兴道教,被尊为“太平真君”。

⑥ 神鸦:指在庙里吃祭品的乌鸦。社鼓:祭祀时的鼓声。

⑦ 廉颇:战国时赵国名将。

南乡子·登京口北固亭怀古

辛弃疾

何处望神州①？满眼风光北固楼。千古兴亡多少事，悠悠。不尽长江滚滚流②。　　年少万兜鍪③，坐断东南战未休④。天下英雄谁敌手？曹刘。生子当如孙仲谋⑤。

［注释］

① 神州：本指全中国，这里指金人占据的中原地区。

② "千古"三句：意谓古往今来，不知经过多少朝代的兴亡，可是长江的流水却总是悠悠不尽，滚滚而来。

③ "年少"句：孙权年轻时就统帅强大的军队，他任吴主时仅19岁。兜鍪，头盔，借指战士。

④ 坐断：镇守、占据。

辛弃疾《南乡子》词意图

⑤ "生子"句：三国时，曹操与孙权在濡须口对阵，遥望孙军整肃，感慨道："生子当如孙仲谋（孙权，字仲谋），刘景升（刘表，字景升）父子豚犬耳。"

水龙吟·寄题京口范南伯家文官花[1]

辛弃疾

倚栏看碧成朱，等闲褪了香袍粉。上林高选[2]，匆匆又换，紫云衣润。几许春风，朝薰暮染，为花忙损。笑旧家桃李，东涂西抹[3]，有多少、凄凉恨。　　拟倩流莺说与，记容华、易消难整。人间得意，千红百紫，转头春尽。白发怜君，儒冠曾误，平生官冷。算风流未减，年年醉里，把花枝问。

[注释]

① 范南伯：名如山，邢台人，其父范邦彦（辛弃疾岳父）为镇江府通判，范氏遂定居镇江。范南伯晚年仕途蹭蹬，贫而好客，常典衣酬宾。文官花：当为范氏所植花种。原词有注："花先白，次绿，次绯，次紫，《唐会要》载学士院有之。"

② 上林高选：夸饰花卉美丽非常。上林，古宫苑名。

③ 东涂西抹：从事翰墨。

多 景 楼

刘 过

壮观东南二百州①，景于多处最多愁。
江流千古英雄泪，山掩诸公富贵羞。
北府只今唯有酒，中原再望莫登楼②。
西风战舰成何事，只送年年使客舟③。

[作者简介]

刘过(1154—1206)，字改之，号龙洲道人，吉州太和(今属江西)人。宋光宗时上书宰相请求北伐，不用，后以诗词浪迹江湖。曾为辛弃疾座上客，其诗词粗豪恣放。有《龙洲集》。

[注释]

① 二百州：南宋时，长江东南一带约有两百个州。

②“北府”二句：意谓眼前只有借酒浇愁，江北中原在目，却不忍登楼再望。六朝以京口(今江苏镇江)为北府，建有北府兵。东晋时，北府兵在抗御前秦的战斗中屡立战功，特别是在淝水之战中，谢玄、刘牢之率领的北府兵更是发挥了主力军的作用。

③“西风战舰”二句：意谓又见战船乘着西风而下，但有何用？它不能在江上御敌，只不过年年通使求和，用它迎送而已。

题多景楼

王　琮

秋满阑干晚共凭，
残烟衰草最关情。
西风吹起江心浪，
犹作当时击楫声①。

[作者简介]

王琮(生卒年不详)，括苍(今浙江丽水)人。宋徽宗初登进士第。宣和中，任大宗正丞等职。南渡后，官至龙图阁学士。有《雅林小稿》。

[注释]

① 击楫：用祖逖“中流击楫”典。东晋初，祖逖任豫州刺史，渡江北伐苻秦，中流击楫而誓曰：“祖逖不能清中原而复济者，有如大江。”事见《晋书·祖逖传》。后用来比喻收复失地的壮烈气概。

北固山

法平

不负南徐约，来看北固云。
金焦两山小，吴楚一江分。
雨意生苍壁，潮声起夕曛。
半生流落恨①，此日重殷勤②。

清·查士标《南徐山水》

[作者简介]

法平（生卒年不详），宋僧，字元衡，号怡云埜人，宋代嘉禾（今浙江嘉兴）人。曾住镇江象山。有《语录四集稿》二卷，已佚。

[注释]

① 流落：指僧人游方的生活。
② 殷勤：亲切的情意。

水调歌头·登甘露寺多景楼望淮有感

程　珌

天地本无际①,南北竟谁分。楼前多景,中原一恨杳难论②。却似长江万里,忽有孤山两点③,点破水晶盆。为借鞭霆力④,驱去附昆仑。　　望淮阴,兵冶处⑤,俨然存。看来天意,止欠士雅与刘琨⑥。三拊当时顽石⑦,唤醒隆中一老⑧,细与酌芳尊⑨。孟夏正须雨⑩,一洗北尘昏。

[作者简介]

程珌(1164—1242),字怀古,自号洺水遗民,休宁(今属安徽)人。宋光宗绍熙四年(1193)进士。历任秘书省著作郎、礼部尚书、翰林学士、福建安抚使等官,封新安郡侯。有《洺水集》。

[注释]

① 际:交界。

② 中原一恨:指中原沦陷尚未恢复这一件大恨事。杳:无影无声。

③ 孤山两点:指位于江中的金、焦二山。

④ 鞭霆力:借用秦始皇鞭石故事,言极大力量。

⑤ 兵冶处:指锻铸兵器的场所。

⑥ 士雅与刘琨:祖逖字士雅,刘琨字越石,都是东晋著名的将领。

⑦ 顽石:指狠石。位于北固山后峰,相传三国时孙权曾坐其上与刘备共商抗曹方略。

⑧ 隆中一老:指曾隐居在湖北襄阳县西隆中的诸葛亮。

⑨ 芳尊:指盛着美酒的酒杯。尊,古代的盛酒器。

⑩ 孟夏:阴历四月,称为孟夏。

水调歌头·焦山

吴 潜

铁瓮古形势，相对立金焦。长江万里东注①，晓吹卷惊涛②。天际孤云来去，水际孤帆上下，天共水相邀。远岫忽明晦，好景画难描。

混隋陈③，分宋魏④，战孙曹⑤。回头千载陈迹，痴绝倚亭皋⑥。惟有汀边鸥鹭，不管人间兴废，一抹度青霄。安得身飞去，举手谢尘嚣⑦。

［作者简介］

吴潜(1196—1262)，字毅夫，号履斋，宣州宁国(今属安徽)人。南宋著名的政治家、文学家。宋宁宗嘉定十年(1217)进士第一。曾任参加政事、右丞相兼枢密使。主张抗金，清除奸佞，却受谗被贬广东循州。后任户部侍郎、淮南总领兼知镇江府。后人辑有《履斋诗集》《履斋诗馀》。

［注释］

① 东注：东流。

② 晓吹：风。姚鹄《风不鸣条》："晓吹何曾歇，柔条自不鸣。"

③ 混隋陈：隋灭陈，南北统一。混，统一。

④ 分宋魏：南朝宋与北朝魏对峙。

⑤ 战孙曹：三国孙吴与曹魏争战。

⑥ 亭皋：水边高地上的哨所。《汉书》颜师古注："亭皋，为亭候于皋隰之中。"

⑦ 尘嚣：指尘世。尘，尘世，人间。嚣，市集，做买卖的地方。

沁园春·丙午登多景楼和吴履斋韵①

李曾伯

天下奇观，江浮两山，地雄一州②。对晴烟抹翠③，怒涛翻雪，离离塞草④，拍拍风舟⑤。春去春来，潮生潮落，几度斜阳人倚楼。堪怜处⑥，怅英雄白发，空敝貂裘⑦。　淮头⑧，虏尚虔刘⑨，谁为把中原一战收。问只今人物，岂无安石⑩：且容老子⑪，还访浮丘⑫。鸥鹭眠沙，渔樵唱晚，不管人间半点愁。危栏外⑬，渺沧波无极⑭，去去休休⑮。

［作者简介］

李曾伯(1198—?)，字长孺，号可斋，宋代覃怀(今河南沁阳附近)人。历官濠州通判、淮东制置使兼淮西制置使、四川宣抚使等。他留心军事，主张抗金。自称"愿学稼轩翁"(《水调歌头·寿刘舍人》)，颇受辛弃疾影响。著有《可斋类稿》，有词九卷。

［注释］

① 丙午：南宋理宗淳祐六年(1246)。吴履斋，即吴潜。

② 一州：此指润州。

③ 晴烟抹翠：晴天，含着水气的山色翠绿如抹。

④ 离离：草深的样子。塞草：边塞的草。宋金以淮河为界，江北即靠近边界。

⑤ 拍拍：形容船和波浪相撞击。

⑥ 堪怜：可怜。

⑦ 敝貂裘：貂皮袍子都破了。

⑧ 淮头：淮水的上游。

⑨ 虔刘：劫掠。

⑩ 安石：即谢安，字安石，东晋人。淝水之战中，击败前秦苻坚八十万众。

⑪ 老子：古人自称，老夫的意思。

⑫ 浮丘：古代传说中的仙人，相传黄帝时隐于深山修行。

⑬ 危栏：高楼的栏杆。

⑭ 渺：水长的意思。沧波：青苍色的水波。沧，通“苍”。无极：无尽。

⑮ 去去休休：走吧，回去算了。

焦山全景

摸鱼儿·题多景楼壁

孙吴会

八窗空、展宽秋影，长江流入尊俎[1]。天围绀碧低群岫[2]，斜日去鸿堪数。沉别浦，但目断、烟芜莽苍连平楚。晨钟暮鼓。算触景多愁，关人底事，倚槛听鸣橹。　　英雄恨，赢得名存北府，寄奴今寄何所？西风依旧潮来去，山海颉颃吞吐。霜月古，直耐冷、相随宴我瑶之圃。掀髯起舞。看羱伏苍苔[3]，龙吟翠葆[4]，天籁奏韶武[5]。

[作者简介]

孙吴会（？—1270），字楚望，号霁窗，晚号牧隋翁，淮安（今属江苏）人，居京口。宋理宗端平二年（1235）进士。宝祐年间为沿江制置司参议。景定五年（1264），知常州。卒葬镇江。有《煮石吟稿》，已佚。

[注释]

① 尊俎：古代盛酒肉的器皿，常用为筵席的代称。

② 绀碧：天青色或深青透红色。

③ 羱：大羊，这里指狠石，位于北固山后峰，似羊，又名石羊。

④ 翠葆：这里指形容草木青翠茂盛。

⑤ 韶武：此指教化人的美好音乐。《论语》："子谓《韶》，尽美矣，又尽善也；谓《武》，尽美矣，未尽善也。"

游 茅 山

卢 挚

竹杪飞亭枕石泉①，
松坛香雾散茶烟②。
鸟声记得夜来雪，
鹿梦惊回别有天。

［作者简介］

卢挚，元代初年人，擅诗文，也以散曲知名。其五言诗受时人称道。

［注释］

① 竹杪飞亭：亭在高处，竹林在低处，显得亭子在竹林之上。竹杪，竹的顶端。

② 香雾散茶烟：指在松树下烹茶。

傅抱石《茅山雄姿》

【正宫】黑漆弩·游金山寺

王　恽

苍波万顷孤岑矗[①]，是一片水面上天竺[②]。金鳌头满咽三杯[③]，吸尽江山浓绿。蛟龙虑恐下燃犀[④]，风起波翻如屋[⑤]。任夕阳归纵横，待偿我平生不足。

［作者简介］

王恽（1227—1304），字仲谋，号秋涧，元代卫州汲郡（今河南卫辉）人。历任国史编修、监察御史、提刑按察副使、按察使、翰林学士、嘉议大夫等职。有《秋涧先生文集》。

［注释］

① 孤岑矗：孤山兀立（江中）。

② 天竺：借指佛寺。

③ 金鳌：金山又称金鳌岭。苏绅《金山》诗："人踏金鳌背上行。"

④ 燃犀：照。《晋书·温峤传》："峤至牛渚矶，闻深水下多怪物，遂燃犀而照之。"

⑤ 风起波翻如屋：传说蛟龙怕被人照见它的妖形，所以兴风作浪。

【双调】殿前欢·登江山第一楼①

乔　吉

拍阑干，雾花吹鬓海风寒，浩歌惊得浮云散。细数青山，指蓬莱一望间。纱巾岸②，鹤背骑来惯③。举头长啸，直上天坛④。

[作者简介]

乔吉（约1280—1345），字梦符，号笙鹤翁，又号惺惺道人，元代太原（今属山西）人。长期流寓杭州，放荡江湖，自称“不应举江湖状元，不思凡风月神仙”。他博学能文，著有杂剧十一种，今存《两世姻缘》《扬州梦》《金钱记》三种。其散曲与张可久齐名。今存小令二十余首，套数十一套。

[注释]

① 江山第一楼：指北固山后峰上的多景楼。北宋米芾《多景楼》诗称多景楼为“天下江山第一楼”。

② 纱巾岸：古代男子以纱巾束发。岸，高竖貌，指将头巾掀起，露出前额，以示态度洒脱。

③ 鹤背骑来惯：古人多云仙人是腾云骑鹤者。

④ 天坛：天宫，指神仙居处。

【双调】折桂令·金山寺

赵天锡

长江浩浩西来[①],水面云山。山上楼台,山水相连;楼台上下,天地安排。诗句就,云山失色[②];杯酒宽,天地忘怀。醉眼睁开,回首蓬莱[③],一半云遮,一半烟埋。

[作者简介]

赵天锡,名禹珪,元代汴梁(今河南开封)人。至顺年间(1330—1332)任镇江府通判。著有杂剧两种,散曲存小令七首。此曲作者一作张养浩。

[注释]

① 浩浩西来:(长江)从西浩浩荡荡地奔流向东。

② 失色:黯淡。

③ 蓬莱:这里指江心的金山。

【商调】梧叶·甘露寺①

无名氏

风雨西津渡，江山北固楼，先得海门秋。手掌里金山寺，脚跟下铁瓮州。翻滚滚水东流，一线系三江夏口②。

［注释］

① 原作共十二首，分咏十二所名山寺观。这是其中第五首。

② 三江：指钱塘江、吴江、蒲阳三江，亦泛指流入长江的众多水道。夏口：古镇名，地当汉水入长江之口，即今湖北武汉市的汉口。

清·周镐《北固晚钟》

【双调】折桂·三茅山行

王举之

紫芝香石室清幽①,不老乾坤,自在春秋。古桂寒香,枯梅瘦影,曲涧清流。飞青雨龙归洞口②,弄晴云鹤舞头。小小瀛洲,翠户金扃,玉宇琼楼。

[作者简介]

王举之(1290?—1350?),元代后期曲作家,杭州人。朱权《太和正音谱》将其列于"词林英杰"150人之中。

[注释]

① 紫芝:灵芝,赤褐色或暗色,故称紫芝。这里也泛指仙草。石室:指山洞。茅山多溶洞,有华阳洞、金牛洞等十多个,很早即被道教用作社坛。

② 飞青雨:山上的瀑布流挂在洞前。

大茅峰

甘 露 寺

高 启

胜地江山壮，名林岁月遥①。
刹藏京口树，钟送海门潮。
月黑龙光发②，天清蜃气消。
何当寻狠石，闲坐话前朝。

[作者简介]

高启(1336—1374)，字季迪，号青丘子，长洲(今江苏苏州)人。明洪武二年(1369)应召修《元史》。后擢户部右侍郎，不受，隐居青丘。因赋诗讽刺朱元璋而获罪，被腰斩于南京。诗、词、文皆工，尤长于诗。有《高太史大全集》。

[注释]

① 名林：有名的大寺。佛寺也称丛林。

② 龙光：传说晋代豫章(今江西)丰城地下藏有宝剑，夜间紫光上射天空。一度被人发掘获得，后又化龙离开人间。本句借指山中藏有珍宝。

华 山 畿①

[朝鲜]金宗直

冢上青青连理枝②，
行人争唱华山畿。
野棠花发当寒食③，
几度春魂化蝶飞。

[作者简介]

金宗直(1431—1492)，朝鲜理学岭南学派代表人物。著有《青丘风雅》。

[注释]

① 华山畿：南朝乐府民歌《懊恼曲》曲名。见《古今乐录》。华山在镇江城东六十三里，今属镇江新区。

② 连理枝：此指《华山畿》故事中“南徐士子与华山女合葬”事。当地有“神女冢”。

③ 寒食：清明前一日。

金山寺追赋

文徵明

白发金山续旧游，依然绀宇压中流①。
沙痕灭没潮侵磴②，帆影参差日映楼。
江汉东西千古逝③，乾坤高下一身浮。
谪仙故自多愁绪④，更上留云望帝州⑤。

[作者简介]

文徵明(1470—1559)，初名璧(一作"壁")，字徵明、徵仲，号衡山居士，明代长洲(今江苏苏州)人。正德末以岁贡生荐吏部，任翰林院待诏，后辞官归。诗、文、书、画皆工，尤以画名，与唐寅等合称"明四家"，是"吴门派"代表人物。有《甫田集》。

[注释]

① 绀宇：庙宇。

② 磴：石阶。

③ 江汉：长江与汉水。

④ 谪仙：指唐代大诗人李白，此处以比诗人自己。

⑤"更上"句：再登上留云亭眺望首都。留云，指留云亭，金山最高处。最后两句化用李白《登金陵凤凰台》"总为浮云能蔽日，长安不见使人愁"句意。

金山妙高台

王守仁

金山一点大如拳，
打破维扬水底天①。
独步妙高台上月，
玉箫吹彻洞龙眠②。

[作者简介]

王守仁(1472—1523)，字相安，余姚(今属浙江)人。明弘治十二年(1499)进士。正德时任江西巡抚，平定宁王之乱，官至南京兵部尚书。曾筑室湖南阳明洞讲学，时人尊称为阳明先生。谥文成。有《王文成全书》。

[注释]

① 维扬：扬州别称。扬州、镇江一江之隔。

② 玉箫：一种管乐器。洞龙：水底洞穴内的蛟龙。金山有白龙洞。眠：休息。

甲午秋宿金山寺[1]

吴承恩

十年尘梦绕中泠，今日携壶试一登。
醉把花枝歌水调[2]，戏书蕉叶乞山僧。
青天月落江鼋出[3]，绀殿鸡鸣海日升[4]。
风过下方闻笑语，自惊身在白云层[5]。

［作者简介］

吴承恩（约1500—1582），字汝忠，号射阳山人，明代山阳（今江苏淮安）人。擅绘画、书法，爱好填词度曲，多才多艺，但科举不利，至中年始为贡生。著有《西游记》。

［注释］

① 甲午：嘉靖十三年（1534）。

② 水调：《水调歌头》。苏轼在金山妙高台赏月，高唱自己所填的《水调歌头》（明月几时有）。

③ 江鼋：江中大鼋，金山有戏鼋石。

明·吴承恩手书扇面

④ 海日升：日出。金山有日照岩，为观日出佳处。

⑤ “风过”二句：慨叹金山高耸入云。

再登金山

［日本］策彦周良

金山古寺记吾曾，
一叶扁舟两度登①。
瓦鼎煎茶谈到暮②，
眼青头白去年僧。

［作者简介］

策彦周良（1501—1579），日本临济宗僧，京都人，号谦斋。18岁于天龙寺出家。受幕府之命二次出使中国，广结明代文人，以诗名著称。著有《南游集》《谦斋诗集》《谦斋杂稿》《明记初渡集》《入明记再渡集》等书。

［注释］

① 两度登：（作者）两次访华，均登金山。

② 瓦鼎：三足罐，一种简陋茶具。

策彦周良像

满江红·蒜山怀古

吴伟业

沽酒南徐，听夜雨，江声千尺。记当年，阿童东下①，佛狸深入②。白面书生成底用③，萧郎裙屐偏轻敌④。笑风流北府好谈兵⑤，参军客。　人事改，寒云白。旧垒废，神鸦集。尽沙沉浪洗，断戈残戟⑥。落日楼船鸣铁锁⑦，西风吹尽王侯宅。任黄芦苦竹打寒潮，渔樵笛。

[作者简介]

吴伟业(1609—1672)，字骏公，号梅村，太仓(今属江苏)人。明崇祯四年(1631)进士，入清，官国子监祭酒。清顺治十四年(1657)南归后不仕。有《梅村家藏稿》等。

[注释]

① 阿童：西晋王濬小字。当时吴中有童谣云："阿童复阿童，衔刀浮渡江。不畏岸上兽，但畏水中龙。"武帝闻之，加为龙骧将军。

② 佛狸深入：宋文帝元嘉北伐失败后，北魏军直追至长江边。

③ 白面书生：只知读书而阅历少、见识浅的人。

④ 萧郎裙屐：《魏书·邢峦传》："萧渊藻是裙屐少年，未洽政务。"后以"裙屐少年"比喻徒事装饰、不谙政务的大家子弟。裙屐，六朝贵族子弟的衣着。

⑤ 北府好谈兵：东晋统治者在京口、广陵一带所招募的一支精锐部队，时称北府兵。《晋书·刘牢之传》："谢幼度北镇广陵时，苻坚方盛，幼度多募劲勇，牢之与何谦等应选。幼度以牢之统精锐，百战百胜，号北府兵。"

⑥ 断戈残戟：战争中遗留下的兵器。此处化用杜牧《赤壁》"折

戟沉沙铁未销”句意。

⑦ 铁锁：《晋书·王濬传》：“吴人于江碛要害之处，并以铁锁横截之。”目的是阻拦晋军顺流东下。王濬派人在木筏上起大火炉，烧熔铁锁，迅速攻入建业，吴亡。此处与“楼船”均化用刘禹锡《西塞山怀古》“千寻铁锁沉江底”句意。

清·周镐《江上救生》

念奴娇·渡江雪霁[1]

吴 易

江天一派,初日霁,万树千山争白。银甲霜戈浑认作[2],缟素三军横列。薪胆君臣[3],釜舟将士[4],酒尽伤时血。中原何在?问中流古今楫。　　回首北固金焦,晴光如画,拱带金陵业[5]。虎踞龙盘都不信,此日乾坤分裂。席卷峭秦[6],长驱幽蓟[7],试取中兴烈。妙高台上,他年浩歌一阕。

[作者简介]

吴易(1612—?),字日生,号惕庵,吴江(今属江苏)人,20 岁参加复社,为文震孟门人。明崇祯十六年(1643)进士,后见国事日非,乃归居东湖上。明亡后,吴以兴复中原为己任,赴扬州投奔史可法,参与南明政权,后因访友时,遭仇家告密,被害于杭州。

[注释]

① 渡江:作者 1645 年正月自吴江赴扬州,经镇江渡江。

② 银甲霜戈:作者从皑皑晴雪联想到国破家亡,身临国丧,三军缟素。

③ 薪胆:指卧薪尝胆。

④ 釜舟:指破釜沉舟。此处希望南明将士能背水一战。

⑤ 拱带金陵业:(镇江)拱卫明王朝的基业(南京是明朝奠都之地,也是南明政权都城)。

⑥ 峭秦:指周、秦王朝发祥地。

⑦ 幽蓟:幽州、蓟州,河北及辽宁一带。近满洲发源地区。

宝华山作

笪重光

最爱山居养性灵①，
空岩为屋翠为屏。
乱峰雨过云犹合②，
小洞春深草更青。

[作者简介]

笪重光，见《笪重光传》。

[注释]

① 养性灵：修身养性，滋身自己的身心。性灵，精神与情感。

② 合：聚集。

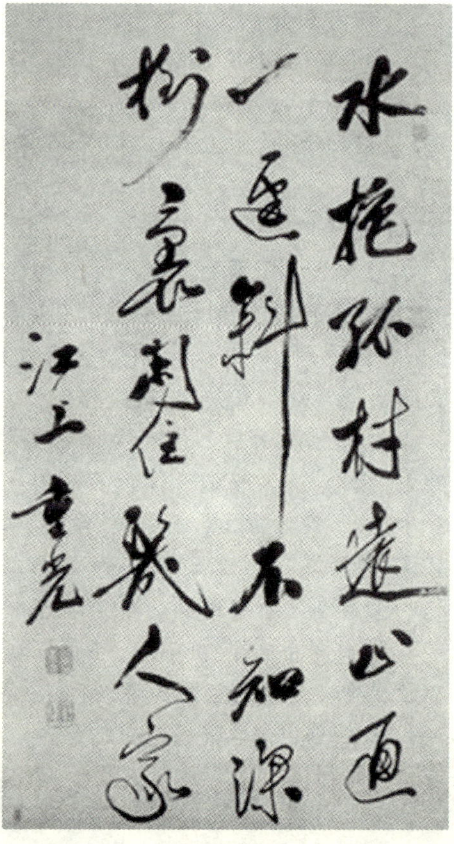

笪重光诗轴

念奴娇·游京口竹林寺

陈维崧

长江之上，看枝峰蔓壑，尽饶霸气①。狮子、寄奴生长处②，一片雄山莽水。怪石崩云，乱冈淋雨，下有鼋鼍睡。层层都挟，飞而食肉之势。　　只有铁瓮城南，群山嬴秀，画出吴天翠。绝似小乔初嫁与，顾曲周郎佳婿③。竹院盘陀，松寮峭茜④，最爱林皋寺⑤。徘徊难去，夕阳烟磬沉未⑥。

［作者简介］

陈维崧(1625—1682)，字其年，号迦陵，宜兴(今属江苏)人。诸生，清康熙十八年(1679)举博学鸿儒，授翰林院检讨，参加修《明史》。以词著称，亦工诗与骈文。有《湖海楼集》。

［注释］

① 霸气：王霸的气概。

② 狮子、寄奴生长处：镇江(古名京口)是东吴政权奠基人孙策(小名狮子)和宋武帝刘裕(小名寄奴)生长的地方。南郊有寄奴泉、黄鹤山等与刘裕有关的名胜。

③ 顾曲周郎：三国时吴国都督周瑜，字公瑾，当时吴人习惯称其为“周郎”。他精通音律，《三国志·吴志·周瑜传》：“瑜少精意于音乐，虽三爵之后，其有阙误，瑜必知之，知之必顾。时人谣曰：‘曲有误，周郎顾。’”

④ 峭茜：高峻鲜明。

⑤ 林皋寺：即竹林寺。在镇江城南夹山。林皋是明末僧人，受知府程珣之邀来此重兴山寺，有林公泉等遗迹。

⑥ 烟磬：指雾霭苍茫中的磬声。磬，这里指寺中用以集合僧人的一种鸣器。

京　口　作①

叶　燮

朔风动地大江鸣，犹说南徐北府兵②。
铁锁几人筹异代，布衣终古悔成名③。
江山无限渔樵计④，木叶频惊关塞情⑤。
试上高楼凭四望，不禁泪下愧平生。

［作者简介］

叶燮（1627—1703），字星期，号已畦，嘉兴（今属江苏）人，晚年定居江苏吴江之横山，人称横山先生。清康熙九年（1670）进士，官宝应知县。因忤上司落职归，遨游四方。著有《原诗》《已畦诗文集》。

［注释］

① 京口作：这首诗咏镇江史事，言外似有感于南明灭亡。
② "朔风"二句：说北风浪涌，仍有当年战争气氛。
③ "铁锁"二句：似感慨南明的覆亡，自己不得已出仕于清。
④ 渔樵计：指隐居的打算。
⑤ 关塞情：本指羁旅之情，这里有兴亡之感。

吕城雪霁

王士禛

鸡唱吕城镇，日出市桥东。
雪屋回汀口①，烟樯出竹中。
鸟飞皆贴水，舟泛若乘空②。
古迹成荒垒③，行行忆阿蒙④。

[作者简介]

王士禛（1634—1711），字子真，又字贻上，号阮亭，又号渔洋山人，新城（今属山东）人。顺治十二年（1655）进士，官至刑部尚书。作诗主张学唐诗，创神韵说。有《带经堂集》。

[注释]

① 汀：水边平地。
② 舟泛：行船。
③ 荒垒：荒凉的城墙。
④ 阿蒙：三国吴国军事家吕蒙，小名阿蒙，人称“吴下阿蒙”。传说丹阳吕城因是吕蒙所筑而得名。

昭明太子读书台

王士禛

王孙读书处①，梵宇自萧森②。
无复维摩室③，空余双树林④。
荒台梁碣尽⑤，夕景楚江阴⑥。
古像今犹在，风流不可寻。

[**注释**]

① 王孙：贵族子孙。此处指梁武帝长子昭明太子萧衍。

② 梵宇：佛寺。此处指招隐寺。萧森：衰飒的样子。

③ 维摩室：佛殿。维摩，菩萨名。萧统小字维摩，故此又指萧统书斋。

④ 双树林：指娑罗双树，为释迦牟尼入灭处。

⑤ 梁碣：梁代的碑碣。

⑥ 楚江：润州为吴楚之地，楚江即长江。

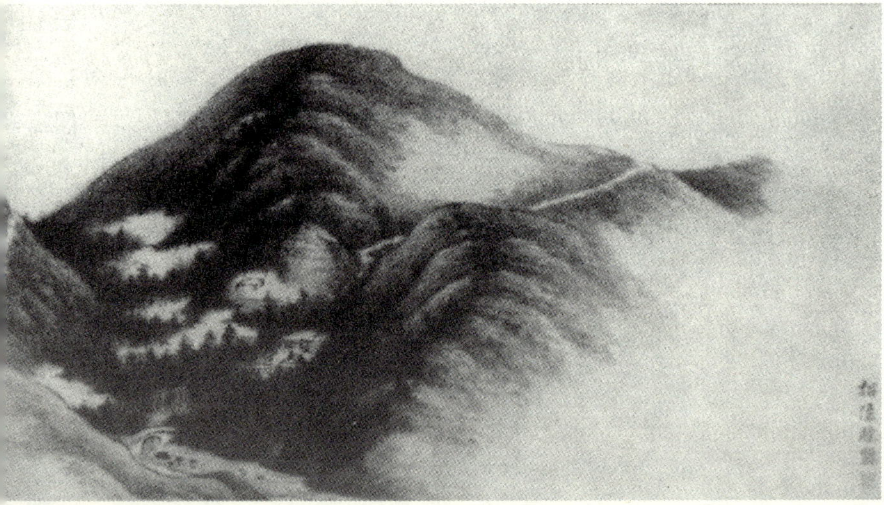

清·周镐《招隐听鹂》

泊三江口[1]

汪　楫

月出日未落，大江生晚烟。
舟停宿鹭起，潮落薄冰悬。
列戍吹笳地[2]，黄芦卖酒船。
比来长道路，尽醉水云边。

[作者简介]

汪楫(1636—1699)，字舟次，号悔斋，仪真(今江苏仪征)人。岁贡生，署赣榆训导。清康熙十八年(1679)应博学鸿词科，授翰林院检讨，纂修《明史》。康熙二十一年，充册封琉球正使，不受馈赠，当地民众建“却金亭”志之。出知河南府，迁福建布政使，召至京，中途得疾卒。有《悔斋集》。

[注释]

① 三江口：在圌山下。此处江面为东西沙洲断处，南北岸相距三十里。

② 列戍：圌山及对岸三江营为江防要地，有兵驻守。笳：一种管乐器。

晓发京口

徐 釚

溯洄湍漭忽闻鸡，风饱江帆叶叶齐①。
瓜步晓钟寒雨歇②，楚天浓树湿烟迷。
已从击楫悲荒垒③，更想沉舟听鼓鼙。
回首瓮城山色远④，惊涛犹在海门西。

［作者简介］

徐釚（1636—1708），字电发，号拙存，又号虹亭，吴江人，清康熙十八年（1679）试博学鸿词科，授翰林院检讨。能诗画，诗以“绵丽幽深”著。有《南州草堂集》。

［注释］

①“溯洄”二句：写清晨发舟，顺风上行。溯洄，逆水行舟。湍漭，形容水流阔大。

②“瓜步”句：至瓜步始闻晓钟，写舟行之速。瓜步，瓜洲别称，在镇江对岸。

③“已从”二句：怀古抒情，写兴亡之感。击楫，用东晋祖逖击楫中流典。沉舟，用楚项羽沉舟破釜典。

④ 瓮城：镇江城别称铁瓮城。

多 景 楼

洪 昇

何处宜登览？危楼依碧霄。
一江限南北，两点辨金焦。
亭迴留云住①，天低入海遥②。
兴亡古今恨，酹酒问渔樵。

[作者简介]

洪昇（1645—1704），字昉思，号稗畦，钱塘（今浙江杭州）人，清戏曲家。以创作戏曲知名于世，有《长生殿》。

[注释]

① 亭：此指位于北固山多景楼东面的凌云亭。
② 天低入海遥：形容江水远逝。

凌云亭

北固山看大江①

孔尚任

孤城铁瓮四山围，
绝顶高秋坐落晖②。
眼见长江趋大海，
青天却似向西飞③。

［作者简介］

孔尚任(1648—1718)，字季重，号东塘，又号云亭山人，曲阜(今属山东)人。清康熙年间官户部员外郎。词曲家，以所著传奇《桃花扇》而得名。有《孔尚任集》。

［注释］

① 大江：长江。
② 坐落晖：坐在夕阳中。落晖，夕阳。
③ “青天”句：江水东流，水面倒映的天空好像向西飞去。

清人笔下的北固山

题自然庵画竹

郑 燮

静室焦山十五家①，
家家有竹有篱笆。
画来出纸飞腾上，
欲向天边扫暮霞②。

［作者简介］

郑燮（1693—1765），字克柔，号板桥，兴化（今属江苏）人。清乾隆元年（1736）进士，曾官山东范县、潍县知县。以书画名，擅写兰竹，是“扬州八怪”的代表人物。亦工诗。有《板桥集》。

［注释］

① 静室：清静之室。这里指焦山小庵，郑燮曾在焦山别峰庵读书迎考。十五家：焦山四周有十余个小庵。

② 暮霞：晚霞。

焦山别峰庵（郑板桥读书处）

京口诸山(其一)

鲍　皋

西天一嶂横五州①,桂岩花老吹香秋②。
长山百折复千转③,蜿蜒伏地如蟠虬④。
蒿山高高出天东⑤,一山忽漫为天峰。
石室中开见空洞,飞云走月寒相通⑥。

[作者简介]

鲍皋(1708—1765),字步江,号海门,清代丹徒(今江苏镇江)人。有《海门诗钞》。

[注释]

① 西天一嶂:位于西面的一座高山,好似屏障。五州:指五州山,位于镇江西二十余里。

② 桂岩:五州山的翠岩室,古时植有老桂树,秋天桂香习习,令人心醉。

③ 长山:即十里长山,绵亘于今镇江市丹徒区石马、西麓和润州区蒋乔等地,长六公里,故名十里长山。百复千转:即百折千转,指山势蜿蜒。

④ 蟠虬:蟠龙。虬,一种龙。

⑤ 蒿山,即圌山,宋元以来是江防险要,山顶有报恩塔。

⑥ 飞云走月:白云明月来来去去。这是夸张用法,形容山势之高。

润州小泊[①]

蒋士铨

孤城浪打朔风骄，铁瓮阴阴锁丽谯[②]。
微雨夜沽京口酒，大江横截广陵潮。
船胶涸水帆俱落[③]，人击层冰冻未消。
小泊不妨侵晓去[④]，海月寒日射金焦。

[作者简介]

蒋士铨（1725—1785），字心馀，一字苕生，号藏园、清容，铅山（今属江西）人。清乾隆二十二年（1757）进士，官翰林院编修。曾主讲蕺山、崇文、安定三书院。诗与袁枚、赵翼齐名，并称“江左三大家”“乾隆三大家”。有《忠雅堂全集》。

[注释]

① 小泊：暂时停泊。本诗是乾隆十二年（1747）作者经镇江时作。

② 丽谯：城楼。

④ “船胶”句：指天寒水涸，加之冰冻，船行困难，因此夜间暂时停泊。

⑤ 侵晓：破晓，天初亮。

梦　溪[1]

王文治

余家梦溪之上，拟于溪上建楼，故先以为号，兹蓬心为周文写《梦溪借书图》[2]，感赋一绝：

我家家住梦溪头，头白归来始有楼。
惭愧奇书无借处，凭栏日过东水流。

梦溪园

［作者简介］

王文治（1730—1802），字禹卿，号梦楼，清代丹徒（今江苏镇江）人。乾隆二十五年（1760）中探花。官至云南临安知府。12岁便能吟诗作书，诗有唐人风范，书法喜用淡墨，时称“淡墨探花”。

［注释］

① 梦溪：镇江城东小河，近范公桥，已湮。梦溪园为沈括晚年定居和著述《梦溪笔谈》之处。

② 蓬心：即王宸（1720—1797），字子凝，号蓬心，王时敏六世孙，太仓（今属江苏）人。工书善画，山水画承家学，以“元四家”为宗。有《蓬心诗钞》。

题《梦楼集》①

姚　鼐

与君交久无如我，并到头童白颔髭②。
事业铭钟都为逮③，林泉投绂却非迟④。
燕关秋气联吟袂⑤，江寺潮声接卧帏。
五十年间都忆起，一灯廿四卷中诗。

[作者简介]

姚鼐(1731—1815)，字姬传，号惜抱，桐城(今属安徽)人。清乾隆二十八年(1763)进士，官刑部郎中，主江宁、扬州等地书院凡40年。“桐城派”古文家代表人物。有《惜抱轩全集》。

[注释]

① 梦楼集：清镇江王文治(1730—1812)的诗文集。王文治，号梦楼，是作者好友。

② 头童：年老头秃。韩愈《进学解》：“头童齿豁。”

③ 铭钟：铭刻于钟鼎，指记载于史册。逮：及，到。

④ 林泉：山林泉石，指隐居。投绂：弃官。绂，官绶。

⑤ 燕关：燕地，指北方。

梦游金陵，感而和之

敦　诚

树隐丹阳余故宅①，云埋北固有危楼②。
大江一线青潮落，京口千帆暮雨收。
文物君从吟处吊，江山我是梦中游。
何年来试中泠水？海岳题诗满眼秋③。

［作者简介］

敦诚（1734—1791），字敬亭，号松堂，别号庸闲子。清太祖努尔哈赤十二子英亲王阿济格五世孙。著有《四松堂集》《鷦鷯庵杂记》。

［注释］

① 丹阳：此指镇江。唐初丹阳郡城在今镇江。
② 危楼：高楼，此指北固楼。
③ 海岳题诗：指北宋大书画家米芾所写的《中秋登清晖阁》诗。

试 剑 石[1]

王 煦

寒烟出北固，断石落苔隈[2]。
昔日谈兵处，何人说剑来。
青山自今古，夕照倚楼台。
莫问英雄事[3]，城头画角哀[4]。

[作者简介]

王煦，字纷原，上虞（今属浙江）人。清乾隆年间举人，博学多才，主讲朗江书院。有《诗古音》《文选七笺》。

[注释]

① 试剑石：在北固山北麓。相传为三国时孙权、刘备谈兵试剑之石。

② 苔隈：长满青苔的山隈。

③ 英雄事：三国争雄的遗事。

④ 画角哀：含有悲凉意味的军乐。画角，乐器的美称，古代军中用之。

北固山试剑石

宗忠简祠[1]

洪亮吉

六百年来气不磨[2],江干遗庙郁嵯峨。
迎门九派东归海[3],卧榻三呼北渡河。
梦里铜驼余涕泪,望中铁骑敢经过[4]?
刘琨祖逖应同传[5],未了忠心尚枕戈。

[作者简介]

洪亮吉(1746—1809),字稚存,号北江,阳湖(今江苏常州)人。清乾隆五十五年(1790)进士,授翰林院编修,旋督学贵州。嘉庆初,以批评朝政而流放伊犁(今属新疆),不久赦还。精通经史及音韵、训诂之学,骈文清新婉雅,亦工诗。有《洪北江全集》。

[注释]

① 宗忠简:即宗泽(1060—1128),字汝霖。靖康元年(1126),他募集义勇,抗击金兵。高宗立,任东京(今河南开封)留守,联络两河义军,用岳飞为将,屡败金兵。他的抗金大计为投降派所阻,忧愤成疾,临死犹连呼渡河者三。卒谥忠简。墓、祠在镇江。

② 六百年来:宗泽抗金时距作者时代约为600年。

③ 九派:指长江下游支流多。

④ “铜驼”二句:《晋书·索靖传》:“靖有先识远量,知天下将乱,指洛阳宫门铜驼叹曰:‘会见汝在荆棘中!’”以指国家破灭之意。铁骑,指金兵。宗泽为东京留守,金人惮泽威望,呼为宗爷爷,不敢复犯东京。

⑤ “刘琨”句:说宗泽有志恢复中原失地,像晋朝的刘琨、祖逖一样,应把他们的传记编在一起。

登凌云亭①

鲍之兰

孤亭登翼海天中，小立身如燕受风②。
天堑云连秋水阔，石帆峰远夕阳红③。
钟声塔影招提在，铁骑金戈霸业空。
登眺无端歌慷慨，古来巾帼总英雄④。

［作者简介］

鲍之兰(1751—1812)，字畹芳，清代丹徒(今江苏镇江)人。清初鲍皋女。有《起云阁诗钞》。

［注释］

① 凌云亭：位于北固山后峰东北隅顶。建于明万历年间，后毁，崇祯年间重建。

② 小立：短时间站立。

③ 石帆峰：在北固山，建有石帆楼，已毁。

④ 巾帼：借指妇女。这里缅怀三国故事中孙坚的女儿孙尚香助夫刘备脱离京城(今镇江)返荆州事。

绿水桥访江碧岑夫人[1]

骆绮兰

绿水桥头访素娥[2]，
扁舟一叶雨中过。
读残新句重回首，
道韫墙边柳色多[3]。

[作者简介]

骆绮兰(1754—?)，字佩香，号秋亭，号句曲女史，清代句容(今属江苏)人。诸生龚世治妻。早寡，潜心于诗文书画创作，以寄托孤寂情怀。其诗画才情深得清袁枚、王昶、王文治赏识。花鸟画师法恽寿平笔意。有《听秋轩诗集》。

[注释]

① 江碧岑：江珠(1764—1804)，女诗人，甘泉(今江苏扬州)人，侨寓苏州。工词赋，通经史，尤擅舞剑。

② 素娥：月宫中嫦娥，此指江碧岑。

③ 道韫：东晋才女谢道韫，亦指江碧岑。

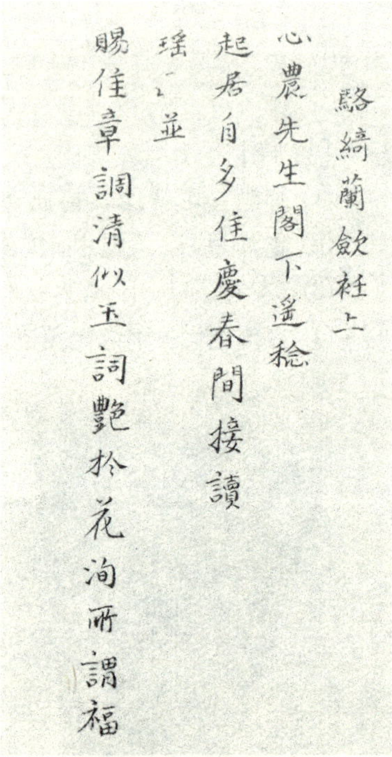
駱綺蘭歛衽上
心農先生閣下遥稔
起居自多佳慶春間接讀
瑶〻並
賜佳章詞清似玉詞艷於花洵所謂福

骆绮兰手札

梦　　溪

戴守梧

溪水潺潺入郑湖①，
花如覆锦满平芜②。
梦中山水萦情处③，
沈括风流绝世无④。

［作者简介］

戴守梧（生卒年不详），字桐孙，清代镇江人。廪生。聪敏博学，20岁左右写成《禹贡注》一书。

［注释］

① 郑湖：在镇江城南三十五里，今已堙。
② 花如覆锦：（园中）花像锦缎一样。园中原有“百花堆”。
③ “梦中”句：详见沈括《梦溪自志》。
④ 风流绝世：即绝代风流。此处赞沈括的成就和文采独一无二。

《梦溪笔谈附补校》书影

登圌山望海

清　恒

极目圌山顶，苍茫海一杯。
潮声吞日月，蜃气结楼台①。
酒量凭谁较，胸襟向尔开②。
须知三万里，隔水是蓬莱。

[作者简介]

清恒(1758—1838 后)，字巨超，号借庵，原姓陆。桐乡(今属浙江)人。清乾隆四十七年(1782)游焦山，济舟长老录为弟子。精程朱理学，诗名著海内。有《借庵诗钞》。

[注释]

① 蜃气结楼台：海市蜃楼。指作者想象中的蜃景。
② 尔：你。这里指大海。

鲇鱼套候潮[1]

马士图

帆卷疏窗月挂窗，
舟停浅水听钟撞。
观潮知向钱塘去，
千里迎人上镇江。

[作者简介]

马士图，字宗瓒，号鞠村，清代江宁（今南京）诸生。工画山水、仕女，兼写竹梅，精鉴别，家居莫愁湖上。尝集画社于胜棋楼，至者三十三人，极一时之胜。有《莫愁湖志》《豆花村诗钞》。

[注释]

① 鲇鱼套：据《光绪丹徒县志》：鲇鱼套在金山西南五里，旧与牌湾江岸相对，其形首大尾小，故名鲇鱼套。为商船往来停泊之所，也是著名米市与木材集散地。今地名尚存。

焦　山

张问陶

四面江声涌翠鬟①，海门高处豁心颜。
志存舟楫知谁子②？历尽风涛是此山。
呼吸便疑通帝座③，扶摇直欲去人间④。
满崖松石皆仙骨，应笑狂奴不肯闲⑤。

[作者简介]

张问陶（1764—1814），号船山，清代遂宁（今属四川）人。官至莱州知府。问陶才华横溢，其诗沉郁空灵，为“蜀中诗人之冠”。著有《船山诗草》。

[注释]

① 翠鬟：女子环发的装饰。此处形容山的形态。

② 志存舟楫：比喻为官济世。

③ 帝座：紫薇星，又名尊星、北极、北辰。古人认为此星“乃中天至尊之宿，为帝座，主掌造化枢机”。

④ 扶摇：乘风直上。

⑤ 狂奴：狂妄的人。这里是作者自称。

舟泊谏壁江口①

王　豫

中流鼓枻发高歌②，为恋松楸岁几过③。
五世农桑沽雨露，半生阅历慎风波④。
大江月落鱼龙静，极浦霜寒鸿雁多。
安得筑庐守邱墓⑤，不辞种秫老岩阿⑥。

［作者简介］

王豫(1768—1826)，字应和，号柳村，丹徒(今江苏镇江)人。诸生。清嘉庆十八年(1813)春，与阮元、焦山住持借庵创建焦山书藏，并受阮元之托，在焦山诗征阁纂《江苏诗征》《群雅集》等。

［注释］

① 谏壁：在镇江城东三十里，旧时设镇，滨临长江，称谏壁港。今为谏壁镇。

② 鼓枻：敲船舷，犹言击楫，用以行船也。《楚辞·渔父》："渔父莞尔而笑，鼓枻而去。"

③ 松楸：墓地所植树木，用为墓地、祖坟的代名词。

④ 阅历：犹言经历。

⑤ 邱墓：坟墓。此指先人坟墓。

⑥ 秫：高粱，可以酿酒。

镇江至江宁山行杂述(十二首选二)[1]

潘德舆

人畏冬山肃，我爱冬山丽。
老木妍新霜，浅红透深翠。
润以淡水墨，遥山抹松际。

江头不断山，山腰不断枫。
衣裳染云碧，门巷铺霞红。
居人淡然忘，我乃行画中。

[作者简介]

潘德舆(1785—1839)，字彦辅，号四农，山阳(今江苏淮安)人。清道光八年(1828)举人，安徽候补知县，未到任卒。论诗重质厚，强调诗的教化作用。有《养一斋集》。

[注释]

① 江宁：今南京。

清·周镐《五州积雪》

京口竹枝词

杨 棨

扬子津头水接天①，
徒儿浦外乱峰连②。
他乡争及家乡好，
第一江山第一泉③。

［作者简介］

杨棨（1787—1862），字羡门，号蜨庵，镇江人。清道光年间拔贡。有《蜨庵诗钞》。

［注释］

① 扬子津：长江的一渡口，在金山对面的江北，今属扬州市邗江区。

② 徒儿浦：今古运河在丹徒镇入江的一段。

③ 第一江山：镇江有“天下第一江山”之称，为梁武帝亲自所书赞语，今北固山存石刻。第一泉：指金山中泠泉。

己亥杂诗(其一)①

龚自珍

古愁莽莽不可说②，
化作飞仙忽奇阔。
江天如墨我飞还，
折梅不畏蛟龙夺。

[作者简介]

龚自珍(1792—1841)，又名巩祚，字璱人，号定盦，仁和(今浙江杭州)人。清道光九年(1829)进士，授内阁中书，升宗人府主事。后辞官南归，卒于丹阳云阳书院。精于经学、小学、史地之学，诗文俱佳。主张改革内政，抵制外国侵略，为近代改良主义运动的先驱。有《定盦全集》。

[注释]

① 己亥：1839 年。龚自珍辞官南归，后又北上接取家属，在往返的途中，他写成 315 首短诗，命名为《己亥杂诗》。诗以诗人一生经历为主线，述写其平生、著述、交游等，题材广泛；或记事，或抒情，内容复杂，大多借题发挥，抨击时弊，表达其反对侵略、呼唤变革的思想和对未来的憧憬。风格雄奇与哀艳并存。本诗作于当年年底游焦山时，诗下原有自注："十二月十日，携女辛游焦山，归舟大雪。"

② 古愁莽莽：长期沉郁的情思漫天盖地。

程十发《古愁莽莽》

秋日东洲晚望[1]

解 南

洲在郡东大江中[2]，古名兰洲。今曰太平，如永安、宝晋、乐生、细民，又各名其地。纵几百里，横二十余里。由宋迄今积沙成壤[3]。丹徒居其半，余则分隶丹徒、泰兴、江都、武进，人烟稠密，耕织尤勤，文教亦渐兴起。咸丰庚申粤寇之乱[4]，郡人多避居洲中，隔一衣带水，数年烽火望之，可接洲人相与持久，竟不为害。

秋来风景最阑珊，四顾苍茫夕照残。
柳暗阴霏疑作雨，山凝暮霭忽成团。
长空雁去冲云断，茅舍人归戴月寒。
家在江南黄叶里[5]，一般清意待谁看？

[作者简介]

解南，清道光年间人，一名赓言，字伯雅，家在丹徒东乡葛村（今属镇江新区）。庠生。

[注释]

① 东洲：即太平洲，清末新涨轮船沙露出水面，今扬中陆地之雏形形成，统称太平洲。光绪三十年（1904），镇江府始设太平厅，独立建置，宣统三年（1911）改名太平县。民国 3 年（1914）改名扬中县，今扬中市。

② 郡东：镇江府城东部。

③ 壤：音 pēi，土丘。范成大《长安闸》："千车拥孤隧，万马盘

一壤。”

④ 咸丰庚申粤寇之乱：1853 年 2 月，太平军由武昌东下江南，“帆幔蔽江，炮声遥震，沿江州邑，莫不望风披靡”，战争加上灾荒和瘟疫，使大量居民背井离乡，人口锐减。

⑤“家在”句：苏轼《书李世南所画秋景》：“扁舟一棹归何处？家在江南黄叶村。”

清·周镐《半江红树》

游焦山，赠山僧越尘

赵舒翘

我与名山有旧盟①，高僧相遇恰同庚②。
逃禅自觉风尘远③，住世还须宇宙擎④。
江寺懒寻铭瘗鹤，海隅愤指浪翻鲸⑤。
彼苍未许林泉福⑥，解缆匆匆负此行。

［作者简介］

赵舒翘（1848—1901），字展如，号琴舫，晚号慎斋，陕西长安人。清同治十三年（1874）中进士，历任刑部员外郎、湖广司郎中、安徽凤阳知府、浙江温州道、浙江布政使、江苏巡抚等职。八国联军陷北京，随慈禧逃至西安，被联军指为“首逆”之一，赐死。有《慎斋文集》《慎斋别集》。

［注释］

① 旧盟：夙缘，前身约定的缘分。

② 高僧：指越尘，焦山自然庵僧人，字六瀞，俗姓徐，镇江人。工书画，尤善山水。同庚：年岁相同。

③ 逃禅：遁世，消极避世。

④ 住世：佛家说身居现实世界为“住世”，与“出世”相对。

⑤ 海隅：海角。这里似隐指黄海、东海海疆。甲午战争中，中国于此海战败于日本。浪翻鲸：即“翻鲸浪”，《五灯会元》：“大洋海里泛铁船，须弥顶上翻鲸浪。”这里隐喻当时局势。

⑥ 彼苍：上天、苍天。《诗经·秦风·黄鸟》：“彼苍者天。”林泉：山林泉石，也可指隐居之地。古人常用“林泉约”“林泉计”等表达隐居山林之意。

忆江南·八鲜词[1]

陈桂琛

江南好，新笋迸斑斑。满地箨龙随口意[2]，夕阳人倦荷锄还，幽绝戴公山[3]。

江南好，有客谱茶经。细摘云腴芽展碧[4]，小支石鼎篆浮青[5]，泉味试中泠。

江南好，豆熟养蚕天。翠荚含珠才剥出，尊前风味试红盐，累却玉葱纤[6]。

江南好，细菌拾连珠。一夜潇潇山寺雨，晚来松下见曾无？闲话问僧雏[7]。

江南好，紫苋满平畦。偶摘家蔬翻食谱，旋调新面制锅衣[8]，绛雪滑如泥。

江南好，芦菔剖猩红。倚席觞流入半醉，山盘新切酒厨供，嚼破玉玲珑。

江南好，立夏荐朱樱[9]。红衬玫瑰花一色，携筐相赠野人情，小食且尝新。

江南好，夏果熟枇杷。四月江城忙赛会[10]，筠篮挑出路三叉，解渴胜茶瓜。

[作者简介]

陈桂琛,清光绪年间人,字秋岩,号惺斋,丹徒(今江苏镇江)人。诸生。少孤,家贫,授徒养亲,人称其孝。有《惺斋诗文存》《闲情词》。

[注释]

① 八鲜词:这组《忆江南》分咏旧时镇江春夏之际的八种时鲜特产:芽笋、新茶、蚕豆、松菌、苋菜、红缨萝卜、樱桃、枇杷等。据作者称:“年来窜迹海滨,触物兴怀,归思颇切。”组词正是借萦念家乡风味以寄托思归之情。

② 箨龙:笋也。

③ 戴公山:即南郊兽窟山,又名招隐山,因东晋戴颙隐居于此而得名。

④ 云腴:新茶。黄庭坚《双井茶送子瞻》诗:“我家江南摘云腴。”

⑤ 浮青:烟也。此句写烹茶。

⑥ 玉葱纤:原指美人纤细的手指,此借指主妇剥豆的辛劳。

⑦ 僧雏:小和尚。

⑧ 锅衣:本地民间食品,在苋菜锅边摊贴新麦面饼。菜熟饼成,红白相映,清香滑腻。

⑨ 朱樱:樱桃。

⑩“四月”句:旧时镇江城有一年一度的都天会,赛期在夏历四月中旬。

戊午四月再游乾元观松风阁①

康有为

天外三茅腾踔来②，郁冈萃音愧仙才③。
灵山长此隐居占，真诰犹存秘诀开④。
采药横过红碧涧，排云还见金银台。
三层高阁吾来卧，日听松涛忘世哉。

[作者简介]

康有为(1858—1927)，原名祖诒，字广厦，号长素，又号更生。南海(今广东广州)人。清光绪二十一年(1895)进士，官工部主事。光绪二十四年参加“百日维新”运动，失败后逃亡国外。有《南海先生诗集》。

[注释]

① 松风阁：梁陶弘景隐居茅山，于此修炼，遍植松树，建松风阁。阁毁于日寇劫火。

② 腾踔：凌空。

③ 郁冈：郁冈峰，在茅山三茅峰西北三公里处。

④ 真诰：指陶弘景所著道教经典。

江洲竹枝词[1](九首)

殷调元

不须金碧侈高楼，小结蓬庐亦自幽。
二月河豚三月笋，最关情处是江洲。

溪光如镜乍新磨，临水柴门处处多。
记得桃花吹落后，一群雏鸭泛红波。

境入芳洲别有天，养鱼栽竹自年年。
阿郎若问侬家业，十里芦滩当种田。

细雨清明天色昏，谁家祭扫泣荒原。
可怜一种伤心处，白骨成堆浪欲吞。

浮生何以计沧桑，至此全凭一苇航。
最羡圩田通活水，不逢时雨早栽秧。

门外垂杨拂绿条，有人相对欲魂消。
恨他爽约无情甚，不及江头早晚潮[2]。

西风萧瑟送新凉，一水湾环荇藻香[3]。
袖卷红罗人似玉，采菱遮莫妒鸳鸯。

重九相逢菊又开，登高何处觅高台?
遥看雨后青山好，可惜江船渡不来。

更饶风味蟹当先，不论尖团进酒筵。
几处夜灯明荻港，爬沙声听未曾眠[4]。

[作者简介]

殷调元(1860—1874),字羹燮,清代丹徒(今江苏镇江)人。诸生。有自订诗集《淡泉诗钞》。

[注释]

① 江洲:一称沙洲。镇江江心及南北岸俱多涨沙,始则栽苇,继可成田。然坍长无常,屡多迁变,或昔有而今无,或昔无而今有。《至顺镇江志》:"江中多沙,初自水底涨而出水,谓之涂泥地;已而生小黄花,谓之黄花杂草;自黄花变而生芦苇,则为良田。"按《光绪丹徒县志》:"县册沙洲分为三段,曰上洲、中洲、下洲。自鲇鱼套而西,谓之上洲;自焦山至圌山,谓之中洲;自圌山三江口而东,谓之下洲。"

② 爽约:失信。此二句即唐人诗"早知潮有信,嫁与弄潮儿"之意。

③ 荇藻:一种水生植物。《诗经·周南·关雎》:"参差荇菜,左右流之。"

④ 爬沙:一种小虫,亦作"杷沙",在沙土中爬行。张宪《听雪斋》:"扑纸春虫乱,爬沙夜蟹行。"

次三江营望太平洲①

李伯通

江流绕太平②，水色白如练。
隔江望圌山，塔势凌空见③。
布帆从东来，极目鸟飞倦。
春风扇阳和④，梅柳抱荒店。
停车劳仆夫⑤，一笑村沽贱⑥。

［作者简介］

李伯通（1864—1937），名豫曾，字伯通，江都（今江苏扬州）人。冶春后社成员。有《北桥诗钞》《丛菊泪》。

［注释］

① 三江营：位于江都市大桥镇之南，东、南、西三面为江水环抱。原名三江口，五代时称銮江口，明代称旧江口，清代在此设立兵营，始改名三江营。今已沉入长江之中，距现在江岸约五里。

② 太平：太平洲。作者原注：太平，即太平洲，现改扬中县。

③ 塔势：指圌山宝塔的形态。

④ 阳和：指春天大地上蒸腾上升的气流。《史记》：“始皇登之刻石曰：‘时在中春，阳和方起。’”

⑤ 仆夫：驾御车辆之人。

⑥ 村沽：乡村自酿之酒。沽，通“酤”。

夜过焦山

狄楚青

不相菲薄不相羡，
入世皇皇出世闲①。
独立中流喧日夜②，
万山无语看焦山。

[作者简介]

狄楚青(1873—1939)，原名葆贤，字楚青，号平子，别署平等阁主等。江苏溧阳人。早年中举。戊戌变法期间支持维新运动。变法失败后东走日本。1900年回上海，参加资产阶级改良派发起的中国国会活动。辛亥革命后，独资经营《时报》。还创设有正书局，出版《民报》(不足2年即停刊)《小说时报》《妇女时报》等。晚年笃信佛学。有《平等阁诗话》《平等阁笔记》等。

[注释]

①“入世”句：参与政治活动栖栖皇皇，隐居反得闲逸。

②中流：焦山屹立江心，有“中流砥柱”之称。

双十日绍宗书楼宴集[1]

柳诒徵

重九联双十[2],登高不厌重。
树人兼树木,文物胜文宗。
绝顶收多景[3],雄谈拯痿松[4]。
虹光贯日月,海岳共追踪[5]。

[作者简介]

柳诒徵(1879—1956),字翼谋,号劬堂、知非,镇江人。17 岁考中秀才,曾就读于三江师范学堂。1912 年主持镇江府中学堂。后转任北京明德大学教授。1914 年 2 月,受江谦之聘,任南京高等师范学校文史地学部历史、国文教授,为近代南京大学历史系的先驱。执教于清华大学、北京女子大学和东北大学。1927 年国立东南大学改为国立中央大学,返校执教;并主持国学图书馆,抗战前夕为转移图书入川奔走。抗战爆发后讲学于浙江大学、贵州大学。1938 年再度出任中央大学(1949 年改名南京大学)历史系教授。抗战胜利后,1946 年复回南京出任国学图书馆馆长,兼任国史馆纂修。1949 年后居沪,筹办上海博物馆,晚年以读书教书为乐。著有《中国文化史》《中国历史要史》等。

[注释]

① 绍宗书楼:全称"绍宗国学藏书楼",在云台山伯先公园内。文宗阁及其藏书被毁后,镇江文人一直有重建之愿。镇江吴寄尘慨然以恢复文宗阁为己任,在伯先公园云台山上创建了藏书楼,题名"绍宗国学藏书楼",以示有志继承和恢复文宗阁之意,1933 年完工。

② 重九联双十:农历九月九日重阳节,适逢阳历 10 月 10 日。

③ 多景：北固山多景楼，也借指镇江景色万千。

④ 瘗松：焦山的《瘗鹤铭》和六朝松。

⑤ 海岳：北宋米芾在镇江北固山建海岳庵，这里语意双关，既指米芾，也指天下山川。

绍宗国学藏书楼

龙江茶社[①]

叶玉森

龙江楼上早茶香①，牛鼎嵯峨客满堂②。
我亦清晨趋末座，饱尝异味说天方③。
红炉旋贴芝麻饼④，绿碗微温椒桂浆⑤。
只有坡仙愁到此⑥，不容刚鬣入禅房⑦。

［作者简介］

叶玉森像

叶玉森（1880—1933），字镔虹，一字荇衫，号蒧渔，又有梦颉庵主、中泠亭长、五凤楼主等别号。祖先满族人，清中叶起定居镇江，家在九如巷。青年时期与丁传靖、吴庠并称"铁瓮三子"，又为南社成员。江阴南菁书院肄业。后赴日本留学。民国期间任苏州高等法院检察庭长，因反对袁世凯搞暗杀活动而被罢官。后入安徽督军倪嗣冲幕，又在安徽做过几任县知事。晚年在交通银行担任秘书，兼上海大学教授。诗文书画外还深通数学、音乐等，对甲骨文研究尤为精湛。著有《殷契钩沉》《殷墟书契前编集释》，另有《中泠诗钞》《啸叶庵词集》等。

[**注释**]

① 龙江茶社：原在镇江银山门龙江巷口，后迁至镇屏街口，为镇江谈姓回民经营。

② 牛鼎：盛牛之鼎，一种能容纳全牛的大型煮食器。这里指下火面的大锅。

③ 天方：清真风味。中国古代称伊斯兰教为天方教、清真教。

④ 芝麻饼：芝麻烧饼。镇江早茶点心中，有一烧饼，表面布满芝麻。外形呈长椭圆，像鞋底，外层酥香，内里甜美。镇江人称为“草鞋底”。

⑤ 椒桂浆：淡酒。椒桂酒是用椒或肉桂皮浸制而成的酒。因酒又名浆，故称之。《楚辞》：“奠桂酒兮椒浆。”此处借指清茶。

⑥ 坡仙：苏轼，号东坡居士。苏东坡被贬黄州时，适值黄州肉贱，但烹调不佳。东坡经试验，摸索出一套炖制方法，炖出来的肉色泽红艳，味醇可口，又作《炖肉歌》：“黄州好猪肉，价贱如泥土。富者不肯吃，贫者不解煮。”

⑦ 刚鬣：猪。《礼记》：“凡祭祀之礼，豕曰刚鬣。”

晤九十八岁老人马相伯[1]

吴　梅

东南耆硕爱郊居[2]，睥睨功名但读书。
便座倾谈皆法语，盛时征献此通儒。
四朝隆替悬双目[3]，百国人文接一庐。
何幸过江亲杖履，温容垂问得春嘘[4]。

［作者简介］

吴梅（1884—1939），字瞿安，号霜厓，长洲（今江苏苏州）人。历任北京大学、中山大学、中央大学、金陵大学等校教授。吴梅一生致力于戏曲及其声律研究和教学，著有《顾曲麈谈》《曲学通论》《中国戏曲概论》《元剧研究》《南北词谱》等，又有传奇、杂剧10多种。

［注释］

① 马相伯（1840—1939）：原名志德，又名建常，改名良，以字行，晚号华封先生，丹徒（今镇江市区）人。原籍丹阳。1862年入耶稣会，后获神学博士学位。1869年升神父。曾任上海徐汇公学校长、清政府驻日使馆参赞。1903年创办震旦学院。1905年创办复旦公学，并两度任校长（监督）。1907年参加梁启超组织的政闻社。1931年"九一八"事变后积极参加抗日救亡活动，1937年被任命为国民政府委员。马相伯学贯中西，能辩证看待中国传统文化，提倡中西文化的沟通。著有《马相伯先生文集》。

② 耆硕：德高望重的老人。这里称赞马相伯年高德劭。

③ 隆替：兴衰。

④ 得春嘘：得到老人如春风般温暖的垂询。

车过镇江车站旁荷花池[①]

姚锡均

当年红艳映清漪，曾为高花一赋诗[②]。
直干犹存擎雨意[③]，素丝终有出泥时[④]。
劳人车过频回首[⑤]，好月宵来应满池。
遮莫秋江霜露重，西风残叶亦成奇。

[作者简介]

姚锡均(1893—1954)，字伯雄，号鹓雏，笔名龙公，江苏松江县(今上海市松江区)人。南社社员。曾编辑《太平洋报》《国民日报》等报刊，任南京市府秘书长，解放后为上海文史馆馆员、松江县副县长。姚鹓雏曾与刘三同在镇江敏成小学(今解放路小学)任教，移家镇江。其诗词多处写到镇江。

[注释]

① 荷花池：今西荷花塘，在云台山下，邻近京沪铁路镇江车站(在牌湾)。

② "曾为"句：指作者早年赋《镇江城外荒池荷花》诗："柳丝风软不藏鸦，十亩荒潭翠盖斜。一种奇怀谁与赏，独无人处作高华。"

③ "直干"句：化用苏轼《赠刘景文》诗："荷尽已无擎雨盖。"

④ "素丝"句：意谓藕出于淤泥。

⑤ 劳人：成年在外奔波、劳劳碌碌的人。

寿昌来京口，酒后偕明之游南郊[1]

易君左

二十年前两故人，青山如旧鬓难青。
激昂心性参差路，长短离程大小亭[2]。
南国照残申浦月[3]，东风吹荡润州春。
酒酣长啸黄山去[4]，响尽松涛起落樱。

［作者简介］

易君左（1898—1972），原名家钺，号意园，以字行，湖南汉寿人。曾于北京大学、日本早稻田大学就读。一生酷爱诗词歌赋。著有《中国政治史》《牛郎织女》《中国文学史》等。

［注释］

① 寿昌：即田汉（1898—1968），字寿昌，著名话剧家、诗人，与作者是同乡。

② 离程大小亭：古代交通不便，官道旁修亭，十里为长亭，五里为短亭，三十里为驿站，古人送别多在此。李白《菩萨蛮》："何处是归程，长亭更短亭。"

③ 申浦：上海别称。

④ 黄山：在镇江南郊，当时建省立镇江中学。这里也可理解为安徽黄山。

镇江三山

佚　名

长江好似砚池波①，
提起金焦当墨磨②。
铁塔一枝堪作笔③，
青天能写几行多？

［作者简介］

此诗作者失传，晚清以来在民间流传，为清乾隆皇帝南巡时与诸臣的联句之作。

［注释］

① 砚池波：砚台里的水，这里把滔滔长江想象为一方大砚台。

② 金焦：金山、焦山均在江心，一西一东有“双浮玉”之称，后金山在清末与陆地相连。古人常将青山比作“翠螺”（唐宋以来，墨块作螺状，称“螺墨”）。

③ 铁塔：指北固山后峰的铁塔，始铸于北宋。清人管兆桂赞曰：“甘露铁塔擎孤峰，巍巍永镇江之东。”堪作笔：可当作写字的毛笔。元代冯子振《铁塔燃灯》诗：“文焰逼人高万丈，倒提铁笔向空题。”

满江红·伯先公园[1]

丁　宁

倦雨重来[2]，人世改[3]，江山依旧。曲栏外，徘徊小立，泪侵双袖。此是年时游赏地，新声共按词如绣。甚而今，孤旅倚斜阳，空回首。　　花自落，春还又。时不再，欢何有。剩殷忧似影[4]，相随相守，爇茧成灰心自槁[5]。纫兰为佩芳难久[6]。绕层台，一息九回肠，黄昏后。

［作者简介］

丁宁（1902—1980），女，字怀枫，原籍镇江，幼随父移居扬州。1949 年前在南京国学图书馆工作，解放初入华东革命大学学习，于 1952 年分配至安徽省图书馆古籍部管理古籍，直至去世。早年从扬州名宿陈含光学习诗词。三十岁时其词作已能深入五代堂奥。郭沫若称其词“清冷彻骨，悱恻动人”，施蛰存称其词“才情高雅，藻翰精醇，琢句遣词，谨守宋贤法度”。有《还轩词》。

［注释］

① 伯先公园：1926 年镇江人民为纪念家乡辛亥革命先烈赵声（字伯先），辟云台山为伯先公园，园艺专家陈植设计，至 1931 年 6 月落成开放。

② 倦雨：连日下雨。

③ 人世改：指 1937 年 12 月 8 日镇江沦陷。

④ 殷忧：深深的忧愁。

⑤“爇茧”句：丝尽茧成灰，心如槁木。爇，燃烧。

⑥ 纫兰为佩：指捻缀秋兰，佩带在身。屈原《离骚》：“扈江离与辟芷兮，纫秋兰以为佩。”

京口春游，次荆公西太一诗韵[1]

卢　前

倦矣天涯羁旅，
几回梦到村西。
门外千株杨柳[2]，
归来燕子凄迷。

［作者简介］

卢前（1905—1951），字冀野，南京人，祖籍镇江。诗人、词曲研究家。1926年毕业于东南大学国文系。历任金陵大学讲师，成都大学、河南大学、中央大学、暨南大学、四川大学教授，福建永安音乐专科学校校长，重庆《中华乐府》编辑，通志馆馆长，《草书月刊》《南京小志》主编。早年曾师从吴梅攻读词曲，对词曲颇有研究。著有《南北曲溯源》《中国散曲概论》等，白话诗集《春雨》《绿帘》等。

［注释］

① 荆公西太一诗：北宋王安石（封荆国公）《题西太乙宫壁》："杨柳鸣蜩绿暗，荷花落日红酣。三十六陂春水，白头想见江南"。"三十年前此地，父兄持我东西。今日重来白首，欲寻陈迹都迷。"是二首著名的六言绝句。当时苏轼、黄庭坚都有和作。

② 杨柳：卢前的祖居地在"丹徒千科柳"，今镇江象山长江村。清朝郑燮《菩萨蛮·宿千科柳》："买酒将鱼换，得酒船头转。岸上打场声，渔歌水上清。"

【北南吕】一枝花·吊金山

卢　前

裴公枉得金①，法海空余洞②。荐慈怀蟒女③，玉鉴吊坡翁④。四大皆空，胜迹寻春梦，江天失大雄⑤。又一番业火飞腾，那里见波涛汹涌。

〔梁州第七〕幸遂起鼎还能供奉⑥，武乡侯尚有遗铜⑦，文忠宝带徽明咏⑧。都存劫后，抱守堂中，我只为鲥鱼时节⑨，来访焦东⑩。妄流传老衲仙踪，最神奇古渡龟从。不饶人零雨尖风，绕小径重穿白龙，望留云不上香峰⑪。杖筇，履丛，高岩日照如相送⑫。殿上瓦寺前栋，摧毁从伤道已穷，敢怨兵戎。

〔尾声〕想当年梁夫人桴鼓声初动⑬，就算他金兀术楼船气势雄，可怜你老方丈霜亭修何用⑭！早钟晚钟，则唤出个儿郎将一把火来拥。

［注释］

① 裴公：裴头陀。相传金山因唐时裴头陀开山获金于此而得名，有头陀岩遗迹，亦称裴公洞，今为“古法海洞”。

② 法海：《白蛇传》中金山寺方丈。清代以来民间将金山“开山裴祖”裴头陀与法海混为一人。

③ 荐慈：金山山巅有双塔，多次坍坏。至宋时，丞相曾布于山重建双塔，名荐慈、荐寿，双塔南北对峙。后毁。清末建单塔名“慈寿”，现尚存。蟒女：《白蛇传》中由千年蛇精化成的女子白素贞，又称白娘子。

④ 玉鉴：这里指玉鉴堂，堂址在斋堂左、念佛堂右。取宋苏绅诗“僧在玉鉴光中坐，人从金鳌背上行”之句以名之。坡翁：指苏轼。当年苏轼（谥“文忠”）游金山时曾留玉带于金山寺。下文“文忠宝

带”是指苏轼出知杭州经过金山时，因应对方丈佛印提问迟疑而解留玉带“以镇山门”的故事。东坡玉带与下文遂起鼎、诸葛鼓、文徵明手卷并称“金山四宝”。

⑤ 江天失大雄：1948 年 4 月金山发生大火，江天禅寺大雄宝殿和藏经楼毁于一炬，共烧毁二百六十多间亭、台、楼、阁、房屋等。

⑥ 遂起鼎：即遂启祺鼎，金山寺现存之鼎，为清光绪十年(1884)湖北汉阳叶志诜赠送。同时附有一幅鼎图、一首古诗。据考证，此鼎为周宣王讨伐猃狁时铸造出来赏赐遂启祺的，故名遂启祺鼎。

⑦ 武乡侯尚有遗铜：诸葛亮铜鼓，有人附会铜鼓为诸葛亮创制，故亦称“诸葛鼓”。武乡侯，诸葛亮，受封为武乡侯。

⑧ 徵明咏：文徵明的诗。金山寺藏文徵明《金山图》，系两江总督端方所赠，为清初摹品。卷后有文徵明《金山寺追赋》题诗。画真迹现藏台北故宫。

⑨ 鲥鱼时节：鲥鱼上市的春三月前后。鲥鱼是长江名贵鱼类，以下游的江阴、镇江、南京数量最多。镇江鲥鱼尤以肥美、鲜嫩著称，焦山、大港江域产鲥鱼为上等。早在北宋年间，就有诗人以诗记之。清康熙年间，镇江鲥鱼被列为贡品，更为名贵。

⑩ 焦东：焦山东面的江畔乡村，也是作者祖居地。

⑪ 留云：留云亭，原在金山山顶之北。明景泰五年(1454)，镇江知府白仲贤命主僧宏因旧址重建，清康熙二十四年(1685)重修，同治十年(1871)薛书常复建，两江总督曾国荃将康熙题字“江天一览”刻石立碑于内。故又名江天一览亭。

⑫ 日照：日照岩，位于白龙洞的右上方。崖上刻有“日照岩”三字，为观日出的最佳处，每当旭日东升，水天皆赤，顿成奇观。

⑬ 梁夫人：梁红玉，南宋大将韩世忠之妻。韩世忠率军与金兵激战黄天荡，梁红玉在金山击鼓助战。

⑭ 霜亭：民国年间金山方丈。他建成云水堂、楞伽室、志公殿、留玉阁等处。编成《金山志》。1948 年春，金山遭特大火灾，损失惨重，霜亭心中焦虑，圆寂于江天禅寺。

镇·江·散·文

答谢中书书[①]

陶弘景

山川之美，古来共谈。高峰入云，清流见底。两岸石壁，五色交辉。青林翠竹，四时俱备。晓雾将歇[②]，猿鸟乱鸣；夕日欲颓[③]，沉鳞竞跃[④]，实是欲界之仙都[⑤]。自康乐以来[⑥]，未复有能与其奇者[⑦]。

［注释］

① 本文选自《历代文选》，中国青年出版社1962年版。谢中书，即谢徵，字元度，河南太康人，曾作安成王萧秀的中书鸿胪。

② 歇：消散。

③ 夕日欲颓：傍晚的太阳快要落山。

④ 沉鳞：水底的游鱼。

⑤ 欲界之仙都：欲界，佛教所说“三界”中的第一界，指食、色、眠诸欲特盛的众生所住的世界。此指人世间。仙都，仙人聚居的地方。

⑥ 康乐：南朝宋诗人谢灵运（385—433），谢玄之孙，晋时袭封康乐公，故称谢康乐。他酷爱山水，善于刻画自然景物，开山水诗一派。

⑦ 与其奇：与，参与。奇，奇趣，此指登山临水，欣赏山水的奇趣。

梦溪自志[1]

沈 括

梦 溪

翁年三十许时[2]，尝梦至一处。登小山，花木如覆锦，山之下有水，澄澈极目，而乔木翳其上[3]。梦中乐之，将移居焉。自尔岁，一再或三四梦至其处，习之如平生之游[4]。后十余年，翁谪守宣城，有道人无外谓京口山川之胜，邑之有圃求售者。及翁以钱三（十）万得之，然未知圃之何在。又后六年，翁坐边议谪废，乃庐于浔阳之熨斗洞[5]，为庐山之游以终身焉。元祐元年道京口[6]，登道人所置之圃，恍然乃梦中所游之地。翁叹曰：吾缘在是矣！于是弃浔阳之居，筑室于京口之陲[7]。

［作者简介］

沈括（1031—1095），字存中，钱塘（今浙江杭州）人。著有《梦溪笔谈》。宋元祐三年（1088）举家迁居润州。《嘉定镇江志》载“翰林学士三书司使沈括宅在朱方门外”，即府治子城下。梦溪河道早湮，梦溪园遗址后为民居，今为沈括纪念馆。

［注释］

① 本文选自《梦溪笔谈》。
② 翁：沈括自称。
③ 翳：遮荫。
④ 习：熟悉。
⑤ 浔阳：今江西九江市。
⑥ 元祐元年：公元 1086 年。
⑦ 陲：边陲，当时朱方门（东门）外较荒凉。

北宋“梦溪”石额

《润州类集》序[1]（节选）

曾 旼

润州，春秋所书朱方也[2]。嬴氏凿之[3]，因曰丹徒[4]。孙氏城之，因曰京口[5]。晋人渡江，侨立州郡[6]，至宋、齐、陈曰东海[7]，独梁曰兰陵[8]，而皆以徐州治之[9]。隋一天下，始为润州……朱方之重，非一日也。江山清绝，襟吴带楚[10]，芙蓉名楼，甘露表寺，幽赏丽观，不出城市。水嬉，则焦庐、裴岩相望于西江之中[11]；陆走，则鹤岭、鹿泉映带于南郊之外[12]。秦潭庆井[13]，则暴君戾臣之可鉴戒；谢堂许涧[14]，则贤人端士之可想像其远。若碑书十字[15]，泉沸四井[16]，则余光遗烈，风高千古；青童马迹[17]，紫阳鹤驭[18]，则洞天福地，事隔人境……乃采于诸家之集，始自东汉，终于南唐，凡得歌赋诗赞五百余篇，厘为十卷[19]，名之曰《润州类集》。

［作者简介］

曾旼，字彦和，龙溪（今福建漳州）人。北宋熙宁六年（1073）进士。曾官润州仓曹，知滁州。著有《润州类集》十卷。

［注释］

① 本文选自《丹徒县志》。

② 朱方：《春秋》："鲁襄公二十八年，齐庆封奔吴，吴予之朱方。"

③ 嬴氏：秦始皇嬴政。

④ 丹徒：秦始皇三十七年（前209），使赭衣徒三千，凿京岘山东南垄，故名丹徒。

⑤ 孙氏城之，因曰京口：三国吴孙权以建业（今江苏南京）为首都，以丹徒为京口。

⑥ 晋人渡江，侨立州郡：东晋时北人南渡，以北方郡侨居京口，计有南东海等十八郡。

⑦ 至宋、齐、陈曰东海：南朝宋、齐、陈三朝称之曰南东海郡等。

⑧ 独梁曰兰陵：南朝梁改之为兰陵郡。

⑨ 皆以徐州治之：南东海等郡属于南徐州。

⑩ 襟吴带楚：以衣带设喻，言润州与吴、楚相接，有如以吴为襟、以楚为带。

⑪ 焦庐：焦光草庐，此指焦山。裴岩：裴头陀岩，此指金山。

⑫ 鹤岭：指黄鹤山。鹿泉：鹿跑泉。均南郊名胜。

⑬ 秦潭：在月华山下，一说在夹山下，秦始皇凿。庆井：指庆封井，遗址在今镇江老南门外。

⑭ 谢堂许涧：谢堂，《世说新语》中东晋王恭留连之处。许涧，晚唐诗人许浑所属丁卯涧。

⑮ 碑书十字：指延陵吴季子墓上孔子所题“呜呼有吴延陵君子之墓”十字。此碑也称“季子碑”“十字碑”。

⑯ 泉沸四井：指吴季子庙前的沸井。井水长年沸腾不息，滚浪有声。

⑰ 青童马迹：在镇江东南25公里，有马迹山，传说此山为东海青童所治，而老君尝乘白马授相骨经于此，蹄迹犹存，故以为名。

⑱ 紫阳鹤驭：指茅衷、茅盈、茅固三兄弟于茅山跨鹤成仙事。紫阳，道观名，在茅山。

⑲ 厘：整理。

净名斋记[1]

米　芾

带江万里，十郡百邑，缭山为城，临水为隍者[2]，惟为丹徒。重楼参差，巧若图祁[3]。地灵极倪[4]，而云霞出没，星辰挂腹，而天光不夜。高三景[5]，小万有者[6]，惟吾甘露。东北极海野，西南朝数山者，谓之多景[7]。然台殿羽张，实堵中盘。五州之后[8]，与西为阻。若夫东眺京岘[9]，西极栖霞[10]。平林坡陀[11]，淮海之域[12]；远岫隐见，滁泗之封[13]。洪流东折，白沙之云涛如线[14]；大碛南绝[15]，中泠之屃赑蔚起[16]。窄山之隙，岹峣双耸[17]。五州之外，崚嶒千叠[18]。黄鹤宝势[19]，珠捧于豆[20]；长山异气[21]，龙矗于天。晨曦垂虹，时媚于左[22]；长庚纤月[23]，每华其右[24]。千林霜落，万岭雪饶，春郡于西郛[25]，而秋留于南岩者，惟吾净名。

天下佳山水固多矣！在东南，则杭以湖山障其境[26]，洪以西山弥其望[27]，潭以岳麓周其区[28]，皆一山也。而望两邦，逮穷荒，迢递发周羽皇之叹者[29]，有之矣；百川汇流而赴北，既浚既渊[30]，亦沃亦荡也[31]；多山引岭而趋东，且列且驱，各群各丑也[32]。吾斋在万井之中[33]，半天之上，乃右卷而一揖焉，此其所以得山川之多而甲天下之胜也。至若水天鉴湛而博望弭槎[34]，葭苇榔鸣而詹何投饵[35]，洪钟动而飞仙下，疾飙举而连山涌；地祇听法，水怪效珍[36]；或鹏云压山，海气吞野，纤云漏月，清籁韵松；兜罗密而灵光生[37]，阴雾合而大霆走，瑰奇忽怳[38]，又不可得而详言之。

襄阳米芾字元章，将卜老丹徒[39]，而仲宜长老以道相契。会内阁蒋公颖叔以诗见寄云："京尘汩没兴如何[40]，归棹翩翩返薜萝。尽室生涯寄京口，满床图籍锁岩阿。六朝人物风流尽，千古江山北固多。为借文殊方丈地，中间容取病维摩[41]。"于是宜公以其末句命名余居，亦冀公之与余同此乐也。余今来也，岁时在其间；去也，自笔藏为图。

念老矣，无佳句压其胜，后之登吾斋、览吾胜者，得不为吾赋乎？

米芾像

[作者简介]

米芾(1051—1107)，一名黻，字元章，号鹿门居士、海岳外史等，人称米南宫。宋人，世居太原，后定居润州(今江苏镇江)。以太常博士出知无为军，后召为书画博士，擢礼部员外郎，出知淮阳军。工书画，善诗文。有《宝晋英光集》《书史》等。

[注释]

① 本文选自《宝晋英光集》。
② 隍：护城河。
③ 邗：一作"刓"，剜刻。
④ 地灵极倪：山川灵秀到极点。地灵，山川灵秀之气。倪，端。
⑤ 三景：犹三光，指日、月、星。
⑥ 万有：犹言万物。
⑦ 多景：即多景楼。
⑧ 五州：指五州山，在镇江西郊。
⑨ 京岘：山名，位于今镇江东郊。
⑩ 栖霞：山名，位于今南京。
⑪ 坡陀：山坡山冈。
⑫ 淮海：指扬州。
⑬ 滁泗：指滁州、泗州。
⑭ 白沙：地名，在江西波阳县西，此言长江东来。
⑮ 碛：此指沙石上的急湍。

⑯ 屃赑：即赑屃，传说中一种像龟的动物。蔚起：兴起。

⑰ 岧峣：高貌。此双耸之山疑今马鞍山。

⑱ 崚嶒：险峻貌。

⑲ 黄鹤：南郊山名。

⑳ 豆：木制食器。

㉑ 长山：镇江南郊山名，也称十里长山。

㉒ 媚：呈现妩媚。

㉓ 长庚：指金星。

㉔ 华：发光。

㉕ 郛：外城。

㉖ 杭：杭州。

㉗ 洪：洪州（今江西南昌）。

㉘ 潭：潭州（今湖南长沙）。

㉙ 周羽皇之叹：指唐代周羽皇（周夔）到广东碧落洞游玩时所写的《到难篇》。

㉚ 既浚既渊：浚、渊均指深。

㉛ 亦沃亦荡：沃、荡均指广。

㉜ 丑：类。

㉝ 万井：指市井。万，言其多。

㉞ 博望弭槎：《博物志》云：天河与海通，海滨年年八月有浮槎，往来不失信。博望侯张骞乃乘槎而去，至天河。博望，指张骞，汉武帝封其为博望侯。槎，木筏。

㉟ 詹何：《淮南子·说山训》："詹何，古得道善钓者，有精术。"

㊱ "地祇"二句：言佛法之灵，地神听法，水怪献宝。

㊲ 兜罗：即兜罗绵，佛经中指草木花絮，此以形容白云。

㊳ 瑰奇忽恍：既奇异而又不易捉摸。

㊴ 卜老：卜居养老。

㊵ 汩没：沉沦埋没。

㊶ 维摩：即维摩诘，佛名。

入蜀记(节选)[1]

陆　游

十五日早，过吕城闸，始见独辕小车。过陵口，见大石兽，偃仆道旁，已残缺，盖南朝陵墓。齐明帝时，王敬则反，至陵口，恸哭而过是也[2]。余顷尝至宋文帝陵，道路犹极广，石柱承露盘及麒麟辟邪之类皆在[3]，柱上刻“太祖文皇帝之神道”八字。又至梁文帝陵。文帝，武帝父也，亦有二辟邪尚存。其一为藤蔓所缠，若絷缚者。然陵已不可识矣。其旁有皇业寺，盖史所谓皇基寺也，疑避唐讳所改[4]。二陵皆在丹阳，距县三十余里。郡士蒋元龙子云谓予曰：“毛达可作守时，有卖黄金石榴来禽者，疑其盗，捕得之，果发梁陵所得。”夜抵丹阳，古所谓曲阿[5]，或曰云阳。谢康乐诗云：“朝日发云阳，落日到朱方。”盖谓此也。

十六日早，发丹阳，汲玉乳井水，井在道旁观音寺，名列《水品》[6]，色类牛乳，甘冷熨齿。井额陈文忠公所作，堆玉八分也[7]。寺前又有练光亭，下阚练湖[8]，亦佳境。距官道甚近，然过客罕至。是日，见夜合花方开。故山开过已月余，气候不齐如此。过夹冈，有二石人，植立冈上，俗谓之石翁石媪，其实亦古陵墓前物。自京口抵钱塘，梁陈以前不通漕，至隋炀帝始凿渠八百里，皆阔十丈。夹冈如连山，盖当时所积之土。朝廷所以能驻跸钱塘，以有此渠耳。汴与此渠，皆假手隋氏，而为吾宋之利，岂亦有数邪？过新丰，小憩。李太白诗云：“南国新丰酒，东山小妓歌。”又唐人诗云：“再入新丰市，犹闻旧酒香。”皆谓此，非长安之新丰也。然长安之新丰，亦有名酒，见王摩诘诗[9]。至今居民市肆颇盛。夜抵镇江城外。是日立秋。

十七日，平旦，入镇江，泊船西驿。见知府右朝散郎直秘阁蔡洸子平、都统庆远军节度使成闵、通判右朝奉大夫章汶、右朝奉郎陶之真、府学教授左文林郎熊克、总领司干办公事右承奉郎史弥正端叔。

十八日，右奉议郎签书节度判官厅公事葛郇、观察推官右文林郎徐务滋、司户参军左迪功郎扬冲、焦山长老定圜、甘露长老化昭来。

十九日，金山长老宝印来，字坦叔，嘉州人。言自峡州以西，滩不可胜计，白傅诗[10]所谓"白狗到黄牛，滩如竹节稠"是也。赴蔡守饭于丹阳楼。热特甚，堆冰满坐，了无凉意。蔡自点茶颇工，而茶殊下。同坐熊教授，建宁人，云："建茶旧杂以米粉，复更以薯蓣，两年来，又更以楮芽，与茶味颇相入，且多乳，惟过梅则无复气味矣。非精识者，未易察也。"申后，移舟出三闸，至潮闸而止。

二十二日，郡集卫公堂后圃，比旧[11]唯增染香亭。饮半，登寿丘普照寺终宴。寿丘者，宋高祖宅[12]，有故井尚存。寺本名延庆，隆兴中，复泗州[13]，有普照寺僧奉僧伽像来归，寓焉，因赐名普照寺，侨置僧伽道场。东望京山，连亘抱合，势如缭墙，官寺楼观如画，西阚大江，气象极雄伟也。

二十三日，至甘露寺，饭僧。甘露盖北固山也，有狠石[14]，世传以为汉昭烈、吴大帝尝据此石共谋曹氏[15]。石亡已久，寺僧辄取一石充数，游客摩挲太息，僧及童子辈往往窃笑也。拜李文饶祠[16]。登多景楼，楼亦非故址，主僧化昭所筑。下临大江，淮南草木可数，登览之胜，实过于旧。邂逅左迪功郎新太平州教授徐容，容字子公，泉州人。此山多峭崖如削，然皆土也，国史以为石壁峭绝，误矣。

二十五日早，以一豨壶酒，谒英灵助顺王祠，所谓下元水府也。祠属金山寺，寺常以二僧守之，无他祝史。然榜云"赛祭猪头，例归本庙"，观者无不笑。初，绍兴末，完颜亮入寇，枢密叶公审言督视大军守江，祷于水府祠，请事平奏加帝号[17]。既而不果。隆兴中，虏再入，有近臣申言之，议者谓四渎止封王[18]，水府不应在四渎上，乃但加美称而已。庙中遇武人王秀，自言博州人，年五十一，完颜亮寇边时，自河朔从义军，攻下大名，以待王师，既归朝，不见录。且自言孤远无路自通，歔欷不已。是晚，欲出江，舟人辞以潮不应，遂宿江口。

二十六日，五鼓发船。是日，舟人始伐鼓[19]。遂游金山，登玉鉴堂、妙高台，皆穷极壮丽，非昔比。玉鉴盖取苏仪甫诗云："僧于玉鉴光中坐,客踏金鳌背上行。”仪甫果终于翰苑,当时以为诗谶。新作寺门亦甚雄,翟耆年伯篆额,然门乃不可泊舟。凡至寺中者,皆由雄跨阁。长老宝印言:“旧额仁宗皇帝御飞白[20],张之,则风波汹涌,蛟鼍出没,遂藏之寺阁,今不复存矣。”印住山近十年,兴造皆其力。寺有两塔,本曾子宣丞相用西府俸所建,以荐其先者。政和中,寺为神霄宫,道士乃去塔上相轮而屋之,谓之郁罗霄台。至是五十余年,印始复为塔,且增饰之,工尚未毕。山绝顶有吞海亭,取气吞巨海之意,登望尤胜。每北使来聘,例延至此亭烹茶。金山与焦山相望,皆名蓝[21],每争雄长。焦山旧有吸江亭,最为佳处,故此名吞海以胜之,可笑也。夜,风水薄船,鞺鞳有声。

二十七日,留金山,极凉冷。印老言蜀中梁山军鹭鸶,为天下第一。

二十八日,夙兴,观日出[22],江中天水皆赤,真伟观也。因登雄跨阁,观二岛。左曰鹘山[23],旧传有栖鹘,今无有。右曰云根岛,皆特起不附山,俗谓之郭璞墓。奉使金国起居郎范至能至山,遣人相招食于玉鉴堂。至能名成大,圣政所同官,相别八年,今借资政殿大学士提举万寿观侍候,为金国祈请使云[24]。午间,过瓜洲,江平如镜。舟中望金山,楼观重复,尤为巨丽。中流风雷大作,电影腾掣,止在江面,去舟才丈余,急系缆。俄而开霁,遂至瓜洲。自到京口无蚊,是夜蚊多,始复设幮。

二十九日,泊瓜洲,天气澄爽。南望京口月观[25]、甘露寺、水府庙,皆至近。金山尤近,可辨人眉目也。然江不可横绝,放舟稍西,乃能达,故渡者皆迟回久之。舟人以帆弊,往姑苏买帆,是日方至。樯高五丈六尺,帆二十六幅。两日间,阅往来渡者,无虑千人,大抵多军人也。夜,观金山塔灯。

[注释]

① 本文选自《入蜀记》(上海远东出版社 1996 年版)。

② 王敬则反,至陵口,恸哭而过是也:《南齐书 · 王敬则传》:

“以旧将举事，百姓担畚荷锸随逐之十余万众，至晋陵（常州），南沙人范修化杀县令公上延孙以应之。敬则至武进陵口，恸哭，乘肩舆而前。”

③ 辟邪：神兽名，似狮面带翼。南朝陵墓前常有辟邪石雕像。

④ 避唐讳：避唐玄宗李隆基讳。

⑤ 曲阿：清谈迁《北游录》：“发丹阳，危岸数十尺，如九折坂，故一曰曲阿。”

⑥《水品》：指唐张又新之《煎茶水记》。

⑦ 堆玉八分：宋王辟之《渑水燕谈录》卷八云：“陈文惠公善八分书，变古之法，自成一家，虽点画肥重，而笔力劲健，能为方丈字，谓之堆墨，目为八分。凡天下名山胜处，碑刻题榜，多公亲迹。”

⑧ 练湖：谈迁《北游录》：“经练湖石闸。晋陈敏引长山之水，汇为练湖，周百二十里。石闸八。湖水酿酒，色白味甘。”

⑨ 王摩诘诗：王维《少年行》诗有“新丰美酒斗十千，咸阳游侠多少年”之句。

⑩ 白傅诗：见白居易《发白狗峡次黄牛峡登高寺却望忠州》。

⑪ 比旧：旧指隆兴二年，时陆游至镇江任通判。《渭南文集》卷二十四《镇江谒诸庙文》：“某以隆兴改元夏五月癸巳，自西府椽出佐京口；明年春二月己卯至郡。”

⑫ 宋高祖：指宋武帝刘裕。

⑬ 复泗州：隆兴元年四月，张浚命李显忠、邵宏渊分道伐金，曾收复泗州等地，五月，宋师溃于符离。自此朝廷不复敢谈北伐，陆游于此有“符离既班师，北讨意颇阑，志士虽有怀，开说常苦艰”之叹，他本人亦因支持张浚抗金，遭贬出朝。

⑭ 狠石：苏轼《甘露寺》诗小序云：“欲游甘露寺，有二客相过，遂与偕行。寺有石如羊，相传谓之狠石，云诸葛孔明坐其上，与孙仲谋论曹公也。”

⑮ 汉昭烈、吴大帝：刘备、孙权。

⑯ 李文饶：指唐代宰相李德裕，字文饶，曾三度任润州刺史，并

在北固山建塔。

⑰ 加帝号：封长江水神为帝。

⑱ 四渎：长江，黄河，淮河，济水。

⑲ 伐鼓：苏轼《初发嘉州》诗亦写及此："朝发鼓阗阗，西风猎画旆。"

⑳ 飞白：传说东汉灵帝时修饰鸿都门，工匠以刷帚写字，蔡邕得到启发，遂作飞白书，笔画中丝丝露白，一若枯笔所成。宋仁宗擅飞白，金山寺匾系其所书。

㉑ 蓝：梵文的略译，一般作僧伽蓝摩或伽蓝，是寺院的通称。

㉒ 观日出：陆游《剑南诗稿》卷二《金山观日出》："系船浮玉山，清晨得奇观。日轮擘水出，始觉江面宽。遥波蹙红鳞，翠霭开金盘。光彩射楼塔，丹碧浮云端。诗人窘笔力，但咏秋月寒。何当罗浮望，涌海夜未阑。"

㉓ 鹘山：梅尧臣《金山寺》诗小序云："东小峰谓之鹘山，有海鹘雄雌栖其上。每岁生雏，羽翼既成，与之纵飞，迷而后返，有年矣。恶禽猛鸷不敢来兹以搏鱼鸟，其亦不取近山之物以为食，可义也夫。"

㉔ 为金国祈请使：《宋史·范成大传》云："隆兴再讲和，失定受书之礼，上尝悔之。迁成大起居郎，假资政殿大学士，充金祈请国信使。国书专求陵寝，盖泛使也。上面谕受书事，成大乞并载书中，不从。金迎使者慕成大名，至求巾帻效之。至燕山，密草奏，具言受书式，怀之入。初进国书，词气慷慨，金君臣方倾听，成大忽奏曰：'两朝既为叔侄，而受书礼未称，臣有疏。'搢笏出之。金主大骇，曰：'此岂献书处耶？'左右以笏摽起也，成大屹不动，必欲书达。既而归馆所，金主遣伴使宣旨取奏。成大之未起也，金庭纷然，太子欲杀成大，越王止之，竟得全节而归。"范成大曾任秘书省正字，而陆游于隆兴元年为编类圣政所检讨官，修《高宗圣政》及《实录》，两人交谊甚笃。范成大《石湖居士诗集》卷十八有诗题曰："余与陆务观自圣政所分袂，每别辄五年，离合又常以六月，似有数者。中岩送别，至挥泪

失声，留此为赠。”

㉕ 京口月观：陆游《老学庵笔记》卷六云：“京口子城西面月观，在城上，或云即万岁楼。京口人以为南唐时节度使每登此楼西望金陵，嵩呼遥拜，其实非也。《京口记》云晋王恭所作。唐孟浩然有《万岁楼》诗，见集中。”

丹阳陵口石兽

米元晖《云山图》[1]

吴师道

经年过京口，登北固，眺金焦，俯临大江。时春雨初霁，江山诸山云气涨漫，冈岭出没，林树隐见，恨无老杜"荡胸"之句[2]，为之发挥。乃今倏见此图，知海岳庵中人笔力之妙[3]，能尽得予当日所睹。掩卷追念，不觉怅然。

宋·米友仁《云山图》

书法画法，至元章、元晖而变[4]，盖其书以放易庄，画以简代密，然于放而得妍，简而不失工，则二子之所学也[5]。

[作者简介]

吴师道（1283—1344），字正传，兰溪（今属浙江）人，元代文学家、学者。登至治进士第。延祐间，为国子博士。以礼部郎中致仕。著有《吴正传集》《吴礼部集》等。

[注释]

① 本文选自《宋辽金画家史料》（陈高华编，文物出版社 1984

年版)。

②“荡胸”之句:指杜甫《望岳》“荡胸生层云,决眦入归鸟”句。大意是见山中云气层出不穷,故心胸亦为之荡漾。

③ 海岳庵中人:即米芾,米芾在镇江城东筑室,名曰“海岳庵”。

④ 元章、元晖:米芾(字元章)与其子米友仁(字元晖),为宋代著名书画家,世称“二米”,或“大小米”。小米初名尹仁,小名寅哥、虎儿,后字元晖,另有海岳后人、懒拙道人等别号。继承家学,少即以书画知名,南渡后官提举两浙西路茶盐公事、兵部侍郎、敷文阁直学士,世称“米敷文”。擅画云山,略变其父所为,成一家法,其画云烟变灭,看似草草而成,实则法度森严,自称“墨戏”,不附时风,又甚自重。善书,酷似乃父,亦精鉴赏。

⑤ 二子:二位,指米氏父子。

游名山记·北固山[1]

都　穆

北固山在京口城北，下临长江。《元和郡县志》谓其势险固，故名。梁史大同十年，武帝尝幸此山，易名“北顾”。予旧读谢灵运游山诗，及《世说》所载荀令则登山望海云：“虽未睹三山，便自使人有凌云意。”[2]未尝不赏叹其胜。癸丑之岁，获一游焉。同游者欢呼饮酒，不能遍览穷搜，窃用悔恨。

丁丑夏五月，复至京口，钱逸人德孚从予游，而坐雨数日[3]，庚子雨止，时尚宝卿刘君柔适至[4]。刘君及庠士唐和卿出城，自山之冈而登。里许至甘露寺。寺之得名，以创于吴甘露元年。门榜曰：“天下第一江山”，宋延陵吴琚书。盖梁武帝旧尝书此，不存，琚补之也。门内稍右，有铁浮图十级[5]，乃唐李德裕观察浙西时所铸，奉舍利以资穆宗冥福[6]，后毁于火。今之浮图，宋元丰间铸，非复唐之旧矣。刘君以所携酒酌于观音殿前，长江在目，茫无畔岸。殿侧崖下有秋月潭，潭之右为走马涧，其水已涸。午寺僧饭客方丈[7]。庭下有铁镬，二僧云梁武帝植莲其中以供佛者。登山之颠，多景楼仅存其址。予癸丑之游，楼犹未毁。尝记把酒倚阑，云影堕江，金焦两山，东西对峙，如青螺列银盘中，最为奇观。今楼虽废，景犹昨也，慨叹久之。

多景北下，山足有石室，深可丈余，名观音洞。崖峻草滑，人鲜得至。和卿复要饮于真武祠，祠在山之半。饮毕，予欲观狠石。僧识其处，命之前导。下山至演武场，而石在焉。苏文忠公诗序谓“寺有石如羊，相传诸葛孔明坐其上，与孙仲谋论曹公兵事”。今此石绝不类羊，而亦不在寺中。予疑移于后人。撼以数人不动，视其下，则石之生土中者。山下凤凰池。其上山石，壁立可玩，惜不移席于此。随行僧言：“天津泉在山南麓，邻于僧室。”以下山不及观。闻洪武初，高庙[8]驻跸山中，见僧汲于江，赋诗有“甘露生泉天降津”之句。僧后掘地得泉，因以天语名之。

予惟斯游之乐，固昔之所无。而况有同年同志如刘君和卿，则又非偶然者。京口之山，以金、焦、北固为首，人称三山，其胜概诚天下之最也。金焦予乡游其间⑨，皆为作记。而复记斯游，幸亦大矣。神仙渺茫，又何必舍此以求所谓三山者哉？

[作者简介]

都穆（1458—1525），字立敬，吴县（今江苏苏州）人。明弘治年间进士，授工部主事，官至礼部郎中。博学多识，好学不倦，并注重实地考察。曾出使陕西，寻访遗迹，著《西使记》。对金石遗文多所搜集，作《金薤琳瑯》，又有《周易考》《史外类钞》等集。

[注释]

① 本文选自《游名山记》（中华书局 1991 年版）。

② 荀令则：荀羡，晋代颍川颍阴人（今河南许县），历官驸马都尉、北中郎将、徐州刺史，见《世说新语·言语》。三山：指方壶、瀛洲、蓬莱三神山。

③ 坐雨：因雨受阻。

④ 尚宝卿：明代官名，为掌守宝玺、符牌、印章之官长。

⑤ 铁浮图：铁塔。原为石塔，始建于唐宝历年间，又名“卫公塔”，乾符年间毁。

⑥ “奉舍利”句：供奉舍利子，以为唐穆宗求佛赐福。

⑦ 方丈：此指僧寺长老或住持所居之处。

⑧ 高庙：明太祖朱元璋。

⑨ 乡：过去。

天津泉碑拓

游宝华山小记[1]

盛时泰

万历戊寅三月，前蕲水令倪公甫邀予及归安吴元兆为栖霞之游[2]，信信宿宿[3]。而讲师徵节盛称华山，邀同清柏往观其孙新创“圆通精舍”。

宝华山隆昌寺

山在句容县，自栖霞可三十余里即至所谓精舍者。舍之上不数十步有庵曰“白石”。僧闻予来，具浴请宿。夜寒多风，几雨而霁。晓起，与清柏望山巅而步。未数里至一庵曰“回龙”。其地多流水，新篁蒙密[4]，又饶药草。僧煮笋、啜茶，同行至“出水庵”。由“出水”而上，曰“葡萄”。“葡萄”者，蒲塘之论也。僧方写经绽衲[5]，筑园伐树以自给。而坡傍一石，特方，正可坐。予乃题三大字，曰“葡萄岩”，并纪岁月姓名以出。自此登巅，路曲折，可数百级方至，有庵曰“志公”[6]。其下里许，大小洞六七处，曰“黄花”。僧言山之得名以此，乃志公悟道之处。按传，志公生东阳，去此山不甚远。然洞地狭隘，似不足以栖。僧又言，山前有东谢、西谢者，乃志公受记之家，其族犹盛，所生女多不茹荤，则其或在此，抑又有不可知者。庵之上有茅茨，僧古清居之。清亦讲师之孙，设午饭为供。饭毕，复至精舍。薄暮，同还栖霞，再宿于寺，而二十七日始还家。

呜呼！予嘉靖丁未始游摄山，闻人谈华山之邃⑦，即有志游之，不果。后买山大城。大城二十里至汤水，即近华山，谓可一游也，而不知山之势甚大。汤水特山之西南隅尔，由汤水入山，由山至精舍，各且十又余里；则是山诚不易游，而游亦难遍。今之游止在山之西，其未至者尚多。但山中可游者虽多，而其巅则以志公庵为胜，巅又以洞为胜。洞之外，长江在目，烟树杳霭⑧，望之令人有褰裳之想⑨。则是游，虽未至者三，而所得亦已多矣！

[作者简介]

盛时泰（生卒年未详），字仲交，号云浦，金陵（今江苏南京市）人。明嘉靖年间贡生，才气横溢，善画水墨竹石，多藏书，工书画。有《苍润轩碑跋》《牛首山志》《城山堂集》等。

[注释]

① 本文选自《历代文人赞句容》（句容市政协编）。

② 蕲水：地名，在今湖北。

③ 信信宿宿：再宿叫信，住一宵叫宿，此言时而住一夜时而住两夜。

④ 篁：竹林。

⑤ 衲：和尚穿的衣服。

⑥ 志公：南朝高僧宝志（419—514），秣陵句容东阳镇（今属南京栖霞区）人。朱氏子，七岁出家。卒谥广济大师。

⑦ 邃：深远。

⑧ 杳霭：深暗貌。

⑨ 褰裳：提起下衣（往那儿去）。

游金焦两山记[1]

王叔承

丙寅五月，同陈贞甫、范伯桢、仲昭兄弟为金山游。自京口渡江而西，数里及山。由修廊左折入寺，廊壁嵌古今碑题数十百，虚敞临江。寺中观中泠泉，亭而井之[2]，经品为天下第一云。又左右三四折，数百步，至吞海亭。又上则留云亭。亭立绝顶，所谓妙高峰也。东顾海门，南绝吴、越上游，北襟淮、扬，长江自岷、夔、湖、蠡涌天西来[3]，分下山足，两岸商舟万计，樯立如林，江山奇胜，飘然神爽。下峰而南，至江天阁，悬空俯江，大可憩望，辄倚栏觞咏。可二时许，见月出江上，辄徙酌寺门，面石簰山地饮。山即郭璞墓，酾酒吊之[4]，则暮潮明月作，白如大雪垂天，江寒逼人，不知为夏。又渔舟明灭波际，如画工写意家素缣飞洒水墨也。忽忆异时同商任叔、陆伯玉游此。今商生客死，陆生病，不果来。死生离别，觉江水悠悠者。山有日照崖、头陀崖、朝阳洞、龙池，会暮夜，不及游。水有善财石，亦曰鹘山，分状证之，盖两肖也。月下扪张清河诗碑[5]，指识其字。议者谓张后无诗。或又诵杜少陵“吴楚东南坼，乾坤日夜浮”之句云。

游金山之明日游焦。焦山去金山下流十五里。是日风大逆，舟人扬帆就风，横折而下，倍直道六七，乃抵山。其半有关侯祠，饭焉。去祠左折，上登佳处亭，榴花甚吐，童子折一枝，佐饮。见山下江船乱流，僧曰：“渔鲥鱼者，斤可十八钱，买而及釜，犹鲅鲅生动也[6]。”右折而上，至吸江亭，则亭对金山而高倍，留云山亦大于金。金山峻绝，当津渡要冲者易，焦有田可稻麦，山根多巨奇石，如乱兽卧草中，草树四垂，如衣女萝衣者，固幽僻藏胜。夫金、焦，伯仲山也，乃坐焦而爵金云[7]。顷之，客有买鲥鱼来者，果鲜活色青，鳃微开合，遂烹鱼，酌水晶庵、石壁庵，瞰江，又面隔江石壁，不减金之长廊耳。会日暮云垂，且雨，乃濯足江渚而去。按东汉焦光隐此，三诏不起，山以名。今嘉靖中杨继盛又大书“椒山”二字于壁⑧，及其名氏日月。椒山，杨所自号也，盖焦、椒同音，或其自负。杨后竟以劾奸论死。忠臣处士⑨，名节略等。陈子曰⑩：“焦山亦云椒山矣。”

[作者简介]

王叔承(1537—1601)，初名允光，以字行，后更字承父，晚年又更字子幻，号昆仑山人、梦庐道人，明代吴江(今属江苏)人。一生纵游吴越、齐鲁、燕赵、闽、楚。有《吴越游编》《荔子编》《楚游篇》《岳游篇》等纪游作品。

[注释]

① 本文选自《明清山水小品精华》(天津人民出版社 2000 年版)。

② 亭而井之：建亭而于亭中留井藏泉水。

③ 岷、夔、湖、蠡：指四川、三峡、洞庭湖、襄阳湖。

④ 酾酒：斟酒。

⑤ 张清河：晚唐诗人张祜，郡望清河。其咏金山寺诗“树色中流见，钟声两岸闻”句传诵千古。

⑥ 鲅鲅：鱼跳跃的声音。

⑦ 酹：洒酒于地表示祭奠。

⑧ 杨继盛：字仲芳，号椒山，曾任兵部员外郎，因弹劾严嵩而下狱被杀。嘉靖三十一年(1552)与唐荆川同游焦山，留有诗碑。后人在此建仰止轩。

⑨ 忠臣处士：指杨继盛和焦光。处士，古代指有才德而隐居不肯做官的人。

⑩ 陈子：指文章开头的同游者陈贞甫。

金山竞渡[①]

张　岱

看西湖竞渡十二三次，己巳竞渡于秦淮，辛未竞渡于无锡，壬午竞渡于瓜洲，于金山寺。西湖竞渡，以看竞渡之人胜，无锡亦如之。秦淮有灯船无龙船，龙船无瓜洲比，而看龙船亦无金山寺比。瓜洲龙船一二十只，刻画龙头尾，取其怒；旁坐二十人持大楫，取其悍；中用彩篷，前后旌幢绣伞，取其绚；撞钲挝鼓[②]，取其节；艄后列军器一架，取其锷[③]；龙头上一人足倒竖，掂掇其上[④]，取其危；龙尾挂一小儿，取其险。自五月初一至十五，日日画地而出，五日出金山，镇江亦出。惊湍跳沫，群龙格斗，偶堕洄涡，则百蚨捷捽[⑤]，蟠委出之[⑥]。金山上人团簇，隔江望之，蚁附蜂屯，蠢蠢欲动。晚则万艓齐开[⑦]，两岸沓沓然而沸[⑧]。

［作者简介］

张岱（1597—1679），明末清初文学家，字宗子、石公，号陶庵，山阴（今浙江绍兴）人，侨寓杭州。清兵南下，入山著书。文笔清新，时杂诙谐，作品多写山水景物、日常琐事。著有《琅嬛文集》《陶庵梦忆》《西湖梦寻》等。

［注释］

① 本文选自《夜航船》附《陶庵梦忆》（四川文艺出版社 1996 年版）。

② 钲：古代一种乐器，形似钟而狭长，有柄可执，口向上，以物击之则鸣，初为行军时所用。又，鼓之敲击处曰钲。

③ 锷：本指剑刃，此处指兵器的威耸。

④ 掂掇：本指用手估量轻重，掂量斤两，此指人倒悬之危势。

⑤ 蛣：节足动物，即石蜐。《广韵》引《南越志》："石蜐生石上，形如龟脚，得春雨而生也。"一说石蜐状如蟹螯，紫色，居水石中。捽：揪。

⑥ 蟠委：曲折地。蟠，盘曲地伏着。委，曲折。

⑦ 艓：小船。

⑧ 沓沓然：众多的样子。

《瓜洲大观楼图》

金山夜戏[1]

张　岱

崇祯二年中秋后一日[2]，余道镇江往兖[3]。日晡[4]，至北固，舣舟江口[5]。月光倒囊入水，江涛吞吐，露气吸之，噀天为白[6]。余大惊喜。移舟过金山寺，已二鼓矣[7]。经龙王堂，入大殿，皆漆静[8]。林下漏月光，疏疏如残雪。余呼小傒携戏具[9]，盛张灯火大殿中，唱韩蕲王金山及长江大战诸剧[10]。锣鼓喧阗[11]，一寺人皆起看。有老僧以手背挼眼翳[12]，翕然张口[13]，呵欠与笑嚏俱至。徐定睛，视为何许人，以何事何时至，皆不敢问。剧完，将曙，解缆过江。山僧至山脚，目送久之，不知是人、是怪、是鬼。

［注释］

① 本文选自《夜航船》附《陶庵梦忆》(四川文艺出版社 1996 年版)。

② 崇祯二年：明思宗二年(1629)。

③ 兖：山东兖州。

④ 晡：午后三时至五时。

⑤ 舣舟：泊船。

⑥ 噀：喷洒。

⑦ 二鼓：二更天。

⑧ 漆静：如漆的黑且寂静。

⑨ 小傒：犹小仆。

⑩ 韩蕲王：指韩世忠，封蕲王。长江大战：指在金山上击鼓战金兵事。

⑪ 喧阗：声大而杂。

⑫ 眼翳：眼屎。

⑬ 翕然：张口貌。

焦山[1]

张岱

仲叔守瓜洲，余借住于园，无事辄登金山寺。风月清爽，二鼓，犹上妙高台，长江之险，遂同沟浍[2]。一日，放舟焦山，山更纡谲可喜[3]。江曲涡山下，水望澄明，渊无潜甲[4]。海猪、海马，投饭起食，驯扰若豢鱼[5]。看水晶殿，寻瘗鹤铭，山无人杂，静若太古。回首瓜洲烟火城中，真如隔世。饭饱睡足，新浴而出，走拜焦处士祠[6]。见其轩冕黼黻[7]，夫人列坐，陪臣四，女官四，羽葆云罕[8]，俨然王者。盖土人奉为土谷[9]，以王礼祀之。是犹以杜十姨配伍髭须[10]，千古不能正其非也。处士有灵，不知走向何所？

[注释]

① 本文选自《夜航船》附《陶庵梦忆》(四川文艺出版社 1996 年版)。

② 沟浍：田间水道。

③ 纡谲：曲折而险阻。

④ “江曲”三句：言江水在焦山下成旋涡，水清澈透明可看见深处的鱼鳖。

⑤ “驯扰”若豢鱼：驯顺如同养的鱼一样。

⑥ 焦处士：指焦光，东汉末年隐居焦山。

⑦ 轩冕黼黻：指其衣服富丽堂皇，有种种花纹。

⑧ 羽葆云罕：鸟羽装饰的车盖及云旗。

⑨ 土谷：土地神。

⑩ 杜十姨：沮州有杜拾遗庙，后讹为“杜十姨”，塑妇人像。邑人以“五撮须相公”无妇，移以配之。“五撮须”，盖伍子胥也。又，江陵村事子胥，误呼“髭须”，乃塑五丈夫，皆多须者。每祷祭，辄云：“一髭须”“二髭须”，至“五髭须”。见冯梦龙《古今笑史·谬误部》。

华山游记[1]

陆求可

凡山之传也，非仅以林麓之美、峰峦之秀、洞壑之深也，必有人焉，以为之先；而后林麓之美、峰峦之秀、洞壑之深，皆藉是以不朽，则人之足以重地也[2]。自古及今，山淹没不彰者，何可胜数，则必附其人而后名益彰也。金山得裴头陀之金[3]，焦山得焦先生诏不起[4]，金焦之名始著。

初，华山之未著于古也，以其迩于牛首、栖霞，邻于金、焦，孤峙于大江之南。东距龙潭二十余里，西距牌湾亦三十余里。车马未杂沓[5]，人士未游览焉，是以相须殷而相遇疏也[6]。或曰：蕊里花封，山形如莲花之相抱，故名花山。或又曰：华山潜处栖霞之右，居于万山之中，幽然隐伏，故未能声驰人寰也。而况林麓之美、峰峦之秀、洞壑之深，又未若牛首、栖霞、金焦之照，灼炎赫濯也[7]。然牛首不遇懒融[8]，栖霞不遇明僧绍[9]，金山不遇裴头陀，焦山不遇焦光，则亦一昔日之华山若也，而何怪乎众山？

易视夫华山也耶，诚有人焉。为林麓、峰峦、洞壑之主，而得刈其荆榛，开其生面，辟其堂址。如懒融、明僧绍、裴头陀、焦光其人，则东西南北瞻依，当更美于林麓、秀于峰峦、深于洞壑矣。其走天下如骛[10]，与牛首、栖霞、金焦诸山同一崇丽也，岂犹孤峙大江之南耶？

然其山固亦有异，乱石插天，草木茸翳[11]，万峰四抱，如葩之含。由其径尽石磴也。入其门有池，可三四里，水咸取汲焉。上有龙池，时多小龙出没，鳞甲金光毕兴，诚一山之胜也。由廊而转，有戒坛焉，尽甃以石[12]。戒律整严，故早晚功课，灯火钟磬，常环千余人，以精佛事，其足辉佛日而光梵呗[13]，固其所也。有铜殿，明万历年间，陈太后之所造而舍也。赐以紫衣、金钵，不亦今时之仅事乎？有石屋，无梁无柱，俱石所成，文殊、普贤皆石相焉。三昧和尚为是山肇始，肯堂构而新之[14]。故上有君后，以至卿相学士无不知有华山也，华山之名遂因此而盛云。

所以山不论传之于古，传之于今，惟问其人之足以传山，而山始传也。今之世，谁足以传华山，则三昧也。传华山以何事，则律戒也。华山之所以奔走天下，而熙洪号于无穷，故传也。太史公曰："附其人而名益彰。"则今日华山之谓也。

［作者简介］

陆求可（1617—1679），字咸一，号密庵，山阳（今江苏淮安）人。清顺治年间进士，官至员外郎。有《密庵文集》《密庵诗集》。

［注释］

① 本文选自《宝华山志》（句容市政协编印）。

② 重地：使地重。

③ "金山"句：指裴头陀开山得金事。裴头陀，相传为唐朝宰相裴休之子。他来金山修行，于江边挖到一批黄金，献于朝廷，皇帝命返金修庙，并赐名金山寺。

④ "焦山"句：指焦光抗三诏事。东汉末年，焦光曾隐居于此。焦光学术高深，汉献帝曾三下诏书请他出山做官，他拒不应诏。今焦山有"三诏洞"。

⑤ 杂沓：众多。

⑥ 相须殷、相遇疏：相需殷切，相处疏远。

⑦ 灼炎赫濯：均指有光。

⑧ 牛首不遇懒融：意谓牛首山如果没有懒融也不会出名。牛首，山名，位于今南京市区往南十余里。懒融，唐代高僧，南宗第一祖师，曾在牛首山修禅。

⑨ 栖霞不遇明僧绍：意谓栖霞山如果没有明僧绍也不会出名。栖霞，山名，位于南京市太平门外四十余里。明僧绍（生卒年不详），字承烈，号栖霞，南齐隐士，曾隐居栖霞山二十余年，建"栖霞精舍"，后舍宅为寺，发展成栖霞寺。

⑩ 走天下：使天下人奔走。
⑪ 茸翳：柔密遮盖貌。
⑫ 甃：用砖砌。
⑬ 梵呗：佛教音乐。
⑭ 肯堂构：立堂基盖屋。

建于明代的宝华山铜殿

焦山题名记[1]

王士禛

来焦山有四快事：观返照吸江亭，青山落日，烟水苍茫中，居然米家父子笔意[2]；晚望月孝然祠外[3]，太虚一碧，长江万里，无复微云点缀；听晚梵声出松杪，悠然有遗世之想；晓起观海门日出，始从远林微露红晕，倏忽跃起数千丈，映射江水，悉成明霞，演漾不定；《瘗鹤铭》在雷轰石下，惊涛骇浪，朝夕喷激。予来游，以冬月江水方落，乃得踏危石于潮汐汩没之中，披剔尽致，实天幸也。

焦　山

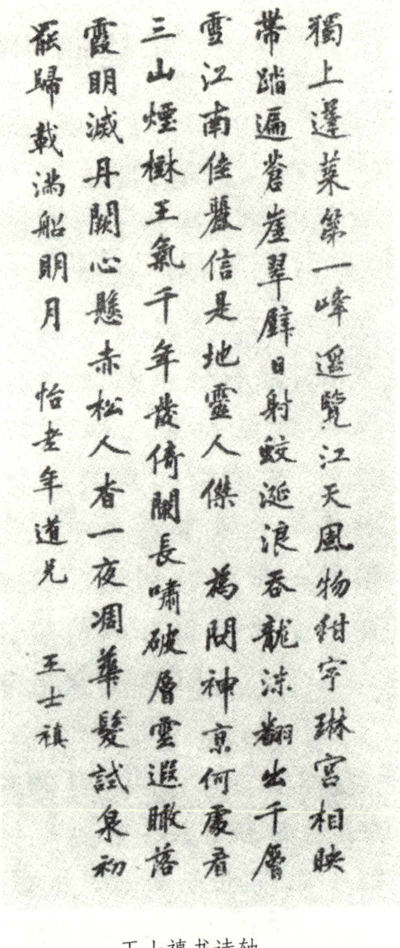

王士禛书诗轴

[注释]

① 本文选自《焦山志》(方志出版社 1999 年版)。

② 米家父子：指米芾、米友仁父子。

③ 孝然祠：即焦公祠，现为焦光纪念堂。

重建润州鹤林寺记[1]

方　苞

余少游名山，入古寺，见佛相，肃拜之亦不敢施[2]，而羁穷远游及难后多与学佛者往还[3]，乃悟退之之亲大颠[4]，永叔求天下奇士不得而有取于秘演、惟俨辈[5]，良有以也[6]。亡友刘古塘云[7]："佛之理吾不信，而窃喜其教绝婚宦，公货财，布衣疏食[8]，随地可安；士之萧散孤介而不欲违其本心者[9]，往往匿迹于其中[10]。故朱子亦尝谓'彼家有人'。"

清·周镐《鹤林古木》

歙州程生崟[11]，少从余游。生长素封之家[12]，而倜傥少俗情[13]。早岁成进士，历官兵部郎中[14]，会世宗宪皇帝董正吏治[15]，创立会考府，擢领司事[16]。时生年方壮，兄弟众多，母夫人寿始及耆[17]，而告归色养二十余年不出⑱，以至母夫人之终而生老矣。生家淮阴⑲，侍母不敢旬月违离，时游金、焦、北固，寻苏子瞻、米南宫遗迹⑳，得彻机上人于黄鹤寺故址荒原破屋中㉑。盖寺焚于康熙五十八年㉒，殿宇荡然㉓，仅存倾圮小楼三间㉔。彻机自幽、燕南游㉕，支拄而栖之㉖，志在兴复。程生感焉，次第修筑，数年，殿宇、门庑、寮房、斋厨略具㉗。

乾隆丁卯㉘，余年八十。首夏㉙，生趣余为金、焦之游㉚，留襆被寺中㉛。盖知余少壮远游，不得在二亲侧；三十年来，恒宿外寝㉜；生辰令节㉝，必避居郊原野寺，不受子孙觞酌也㉞。将归，生言必得余为之记，始餍彻机之志㉟。盖以佛之有见于前贤之记叙者，其名常不没于学士大夫之耳也。次年五月，余与送故人于瓜渚㊱。彻机帅其徒涉江就余，窥其意，欲得余文甚迫而口不言。余动于其诚，又回忆平生悲忧危蹙㊲，未有从容山水间，身心中一无系累如往岁之游者，不可以不识也。

寺在润州南门外黄鹤山下，本东晋时竹林寺。相传宋武帝微时经过㊳，有黄鹤翼蔽之祥，士人遂以名其寺与其山。唐初马元素师发名于此㊴。一毁于唐末薛朗、刘浩之乱㊵，再毁于明永乐中㊶，今兹三毁，而重建工毕于乾隆十有二年季春。其东偏子瞻竹院，生犹将嗣事焉㊷。六月朔日㊸，方苞记。

[作者简介]

方苞(1668—1749)，字灵皋，晚年自号望溪，安徽桐城人。清康熙年间进士，以诗文著名于世。曾因受戴名世《南山集》文字狱牵连而入狱，后得赦免，官至礼部侍郎。方苞与姚鼐同为桐城古文派创始人。有《方望溪文集》。

[注释]

① 本文选自《方苞文选》(黄山书社 1987 年版)。

② 肃拜：跪而举手下拜也，为古九拜之一。

③ 难：灾难。指被《南山集》文字狱牵连事。

④ 退之：唐代文学家、诗人韩愈，字退之。大颠：僧名，韩愈的方外交。

⑤ 永叔：北宋文学家欧阳修，字永叔。秘演、惟俨：均僧名。

⑥ 良有以也：确有其原因。

⑦ 刘古塘：名捷，桐城人。

⑧ 疏食：吃素。疏即“蔬”。

⑨ 萧散：清寂闲散。孤介：不随俗俯仰。违：违反。本心：犹言“良心”。

⑩ 匿迹：藏身。

⑪ 崟：音 yín。

⑫ 素封：无封爵而富厚者。

⑬ 倜傥：不受拘束。

⑭ 历官：做过某官。兵部：六部之一，掌军政。郎中：官名，相当于今之司长。

⑮ 世宗：清雍正帝。董正：整饬。

⑯ 擢：提升。

⑰ 耆：《曲礼》：“六十曰耆。”

⑱ 色养：对父母和颜悦色，始能谓之孝养。

⑲ 淮阴：县名，今江苏淮安市淮阴区。

⑳ 苏子瞻：苏轼。米南宫：米芾。遗迹：指苏、米的墨迹及石刻等。

㉑ 彻机：僧名。上人：僧之尊称。

㉒ 康熙五十八年：公元 1719 年。

㉓ 殿宇：殿屋。宇：屋之四边。荡然：烧光。

㉔ 倾：倾斜。圮：坍塌。

㉕ 幽、燕：指今河北省北部。幽，州名，治今河北大兴。燕，州名，治今河北顺义。

㉖ 支拄：用木头撑住倾斜的一边。栖：居住。

㉗ 门庑：门房。寮房：僧众所住的房屋。寮，屋之小者。斋：

僧寺之食堂曰斋堂。厨：厨房。

㉘ 乾隆丁卯：乾隆十二年（公元 1747 年）。

㉙ 首夏：夏历四月。

㉚ 趣：催促。

㉛ 襆（fú）被：俗言铺盖卷。寺：鹤林寺。

㉜ 外寝：犹言外书房。

㉝ 生辰：生日。令节：佳节。

㉞ 觞酌：奉酒劝饮。觞，酒杯。酌，斟酒于杯。

㉟ 餍：满足。

㊱ 瓜渚：即瓜洲，在镇江对岸。

㊲ 蹙：迫。

㊳ 宋武帝：刘裕，南朝宋之开国者。

㊴ 马元素禅师：即马玄素，字道清，润州人，事见宋《高僧传》。

㊵ 薛朗、刘浩之乱：唐僖（熙）宗光启三年（887），镇江镇海军（治润州）乱，节度使周宝奔常州，军将刘浩迎度支催勘朗为留后。及钱取常润，朗为镠所诛。

㊶ 永乐：明成祖年号，公元 1403—1424 年。

㊷ 嗣事：继续从事（修筑）。

㊸ 朔日：初一。

见山楼记[1]

王步青

润之西郊，大江环之，群山蜿蜒，当南北水陆之会。缘郊十里，烟火万家，商贾辐辏[2]，居人逐利争时，喧啾嗷杂，盖不复知有江山之胜矣。曩余舍北固草堂，陟山巅望四远，妙高、浮玉两峰，屹立于江涛沵淼中[3]，时或东游京岘，北眺石公，西跻云台，南栖黄鹤，层峦漫阜，断壑连冈，所至罕穷其境。岁二月，再过西郊，访祝君荔亭，登其所谓见山楼者。君家近市，楼翼然矗起闾巷间。画舫三楹，绮疏四辟[4]，北面长江，左右群山绵亘，涣如云奔，错若棋置。曩所未见，今皆见之。此岂所意于廛肆之区，康衢之侧哉[5]。不出户庭，奄有江山之胜，岂不以人哉。吾尝味元亮“悠然见南山”之句，缅想其所谓悠然者，邈乎不可即。当夫“采之东篱”“黄花满手”，山景忽来，长吟未已，此中真意，元亮固以为欲辨忘言矣。而后人猥爱其嘉名[6]，或榜其堂，或颜其阁，往往而有，彼其所见何如也。君读书尚专心，登斯楼也，一觞

清·周镐《京畿晓发》

一咏，如在斜川、栗里间[7]，夫恶知为廛市之区，康衢之侧，然则君之志致，盖远矣。美事廛裳攀跻，所见果无非山也哉。若夫楼以下有亭、有廊、有阁，老榭扶疏，竹梧环翠，一亩之宫，曲有奥趣。此亦自君胸次有之，不足为外人道，岂独江山之胜也。

［作者简介］

王步青（1672—1751），字汉阶、罕皆，号己山。江苏金坛人。雍正元年（1723）进士，官翰林院检讨。精于制艺，主扬州安定书院。有《己山文集》。

［注释］

① 本文选自《镇江文史资料》第 29 辑（镇江市政协编印）。见山楼，清丹徒人祝应瑞（字荔亭）筑，一时巨公名流咸来宴集，文酒之会时称极盛。

② 辐辏：车辐凑集于毂上，比喻人或物聚居一处。

③ 浵淼：水满而大貌。

④ 绮疏：窗户上的镂空花纹，也指镂花的窗格。

⑤ 康衢：四通八达的大道。

⑥ 猥爱：鄙贱之爱。

⑦ 斜川、栗里：陶渊明住地。

余江干墓志铭[1]

沈德潜

庚申冬，予将之京，（年谱庚申乾隆五年，年六十八。时已为庶吉士，乞假归里。十二月买舟北行。）道润州，访隐君余江干，时江干殁既归藏矣[2]。予哭于位，孤等请草志石[3]，曰：待君也。诺之。既六年，孙由入京复请，则恻然曰：予敢忘吾死友耶，因践前诺。

江干讳原，字文圻，世江南天都。考某以贾客于润，生江干，二岁，考没，母张食贫抚孤，口授以经。后江干寓大姓家，发椟得所藏书[4]，渐次读之，兼通诗学。力食养母于市间，时闻诵读声，钱刀骚雅相间也[5]。缘此得疾，母氏取其诗烧之，奉命断吟咏十年。母殁，计守节三十年矣，自伤贫贱，末由表扬[6]，常饮恨[7]。润州故多诗人，时风会尚宋格，无崖异者[8]。江干不专一体，如扁鹊治疾，随俗而变，遇故里诸公分赋仿宋人。时予客润州，与定交，每歌咏，仿唐人，然不以饾饤为宋[9]，肤廓为唐[10]，陶冶性灵，中有君形者存也。后年益高，境益老，学益醇厚，从游者满座，四方诗人过润州者，必经其庐。达官当路，每以余布衣一至为重。而江干守往役不往见之义。有下交者，始以礼报之。以是知江干非待表襮文藻者云[11]。始江干欲请旌母氏，而无其路，思得可传之文之言，以取信于天下后世，而究难其人。岁甲辰，天子诏天下穷檐苦节，得以上陈。江干母氏始邀旌门大典[12]，江干喜且泣曰：我乌能扬我母德，赖圣天子特恩也。自是年渐老，中怀洒然，而江干寻以殁宁矣。忆予初客润州，游焦山，遇僧房挟册者，予未识江干里居，问其人，笑曰：润人多矣，胡市人问为[13]。噫彼挟册者知名位云尔，他非所重也。乌知市人中，有诗人，有高隐，有孝子哉。江干生康熙某年月日，卒乾隆某年月日，年七十九。有《江干诗草》若干卷，《杂著文》若干卷。配某氏，继某氏，俱先卒。子三人，山国学生，亦能诗，将得官没。某某世父业。孙几人，来请铭者长孙也。

墓在丹徒县某山山麓，葬为某年月日。

铭曰：江流赴海，三山鼎峙，高原秀灵，委魄于此，清诗常存，死而未死。松槚青苍⑭，近许丁卯之故里也。

［作者简介］

沈德潜(1673—1769)，字确士，号归愚，长洲(今江苏苏州)人。乾隆四年(1739)进士，授编修，官至礼部侍郎。有《归愚诗文钞》等。

［注释］

① 本文选自《归愚文续》。余江干，余京(1664—1739)，字文圻，号江干，丹徒人，三岁丧父。长于诗。有《江干诗集》。

② 殁既归藏：死了并已埋入坟墓。

③ “孤等”句：孤儿(余京之子)请求我起草墓志铭。

④ 发椟：打开木柜子。

⑤ 钱刀骚雅相间：钱币(古钱用刀形)和诗书相间杂。

⑥ 末由：无从。

⑦ 饮恨：指抱恨而无由陈诉。

⑧ 崖异：自立崖岸，表示与人不同。

⑨ 饾饤：食品堆迭貌，比喻文辞罗列堆砌。

⑩ 肤廓：空泛而不切实际。

⑪ 非待表襮文藻：不是等待表现其诗文之文章词藻。

⑫ 旌门大典：指立贞节牌坊，表彰其母抚孤成家不嫁别人。

⑬ 胡市人问为：为“胡为问市人”之强调句式。

⑭ 槚：即楸树，常同松树一起种在坟墓前。

焦山纪游[1]

梁章钜

扬州同人盛称钟立斋太守大志洲宅之美[2]，拟于花时往游[3]。清明前一日，立斋遂招同邹公眉观察、程柏华别驾光治先为焦山之游[4]，由钞关门登小舟出大江[5]，换坐红船[6]，是日东风甚大，兼有微雨，顺流逆风，用满帆折数十戗始抵焦山[7]。别已十余年，山中风景不殊[8]，而不无今昔之感。晚饭后，看秋岩、松明对弈，忆乙未年夏[9]，与逢儿、映儿信宿松寥阁[10]，亦看二僧对弈，其一即秋岩也。是夜宿水晶庵中，明晨散步山门外[11]，观对岸石公山（即象山）形势，登三诏洞，手剔陆放翁、米海岳摩厓字[12]，凡山中诸胜迹，扪历略遍[13]。复回水晶庵，向寺僧索观戊子岁所交藏杨文襄公玉带并诗画卷[14]，玉带如旧，而匣边已裂，诗画卷为披阅者多，装池尤损[15]，因与柏华商另制匣并重装卷，柏华慨然任之。是日饭后，仍坐红船，不数里即达翠屏洲，登岸入立斋宅。洲旧为江中浩淼之区，相传观音大士卓锡所成[16]，故名佛感洲，后为诗人王柳村豫居之，改名翠屏洲。立斋卜宅于此[17]，已数十年，柴门临水，杂树环之，亭榭参差，溪流暎带[18]，时桃花盛开，一重一掩，迤逦可数百步，想武陵源不过如是也[19]。是夜宿江村读书处，明晨饭后用肩舆约二十余里达扬城[20]，途中桃花尚十余里不断，高柳间之，古人所谓"别有天地非人间"者，信有之矣。山中得诗四首，时《焦山还带诗画卷》题者已满，柏华为装第二卷，因即录诗于卷端，以志缘起[21]，云："朅来屡游地[22]，自别十三年。江海镇如此，风云防未然。吉金剩周汉[23]，旧语杳齐钱（谓齐梅麓、钱梅溪）[24]。玉带还山久，重来缔夙缘[25]。""灵山一回棹[26]，便入翠屏洲。宅以诗家重，名仍佛子留[27]。福人宜福地，良日况良俦[28]。谁信芜城外[29]，江村事事幽。""为践寻芳约，游山复看花。绕身刁池水，泼眼武陵霞[30]。荷沼还成约（绕屋皆荷塘，主人有花时重来之约），桃庵那足

焦山别峰庵

夸（平山堂下之桃花庵，花事逊此远矣）。竹西富园馆，让此野人家[31]”“难得苔岑合[32]，还绕翰墨缘[33]。寻诗浑似梦，读画美非禅[34]。郑重新书好（李兰卿所修《焦山新志》，报闻在苏州某家，住持僧某某恳余理还之），沈吟长物编（钱梅溪曾约余同撰《焦山长物志》）。更湎铭瑞室，惜少笔如椽[35]（立斋乞题斋匾，因用六朝记室语应之）。”

［作者简介］

梁章钜（1755—1849），字闳中，又字茝林，晚年自号退庵。清代长乐（今属福建）人。嘉庆七年（1802）进士。曾五任江苏巡抚，又曾兼署两广总督。学识渊博，能诗文，精鉴赏，熟悉掌故，长于金石文字之研究。有著作70余种，尤其喜好并擅长作笔记。传世作品宏富，林则徐为其所写墓志铭，列其书目67种，780卷，其中影响较大的有《浪迹丛谈》《浪迹续谈》和《浪迹三谈》，还有《归田琐记》《退庵随笔》《论语集注旁证》《孟子集注旁证》《三国志旁证》《文选旁证》等。

[**注释**]

① 本文选自《浪迹丛谈》(花山文艺出版社1991年版)。

② 同人:旧时称同行为同人,这里指同朝为官者。钟立斋:当时的扬州知府,作者的友人。

③ 花时:春暖花开的时节。

④ 邹公眉观察:邹公眉,即邹一桂,字原,号小山,雍正进士。观察,清代对一般道员的敬称。程柏华:即程光治,作者好友。别驾,官名,为州官的助手。

⑤ 钞关门:明清设在江河之上的拦船收税的关卡,在扬州。

⑥ 红船:涂成红色的大船,是当时设备最好、航行最快的一种船。

⑦ 折数十戗(qiàng):支撑桅杆的木柱被刮折了数十根。

⑧ 不殊:不见多大变化。

⑨ 乙未年:嘉庆四年,公元1799年。

⑩ 逢儿、映儿:梁章钜的两个儿子。信宿:随便住宿在一个地方。

⑪ 山门:寺院的大门。

⑫ 陆放翁:即陆游。米海岳:即米芾。

⑬ 扪历略遍:凡是有名的地方,一一历数遍游。

⑭ 杨文襄公:杨一清(1454—1530),明朝大臣,官至吏部尚书,武英殿大学士。谥文襄。

⑮ 装池:即装裱,一种裱褙和装饰书画的特殊工艺。

⑯ 卓锡:僧人在某地居留称作卓锡。卓,立。锡,僧人的锡杖。

⑰ 卜宅:选择住宅。

⑱ 暎:同"映"。

⑲ 武陵源:晋人陶潜作《桃花源记》,说晋太元年间,武陵(今湖南常德)人捕鱼,缘溪行,进一桃花林,数百步,得一小山口,舍船而进,山内男女衣着如古秦,人们说是为避秦兵逃到这里来的。后人即称此处为世外桃源或武陵源。

⑳ 肩舆：小轿。

㉑ 以志缘起：用来记录事情的起因。

㉒ 朅(qiè)：去。

㉓ 吉金：原意是适于铸造钟鼎彝器的金属，这里指著录古器的书籍。

㉔ 杳：沉寂，不明。齐梅麓：即齐彦槐，字梦树，号梅麓，婺源(今属江西)人，嘉庆进士，曾任金匮知县。精鉴藏，工书法，能诗赋，著有《双溪草堂诗文集》《海运南漕丛议》等。钱梅溪：即钱泳，字梅溪，金匮(今属江苏)人。工书法，兼擅诗画，著有《兰村集》《登楼杂记》等。

㉕ 缔夙缘：重结旧缘。

㉖ 棹：桨，引申为划船。

㉗ 佛子：指观音大士。翠屏洲本名佛感洲。

㉘ 良日况良俦：好日子又有好友相伴。

㉙ 芜城：在扬州东北，即广陵故城。南朝宋兵乱中荒墟，鲍照作《芜城赋》，故名。

㉚ 武陵霞：指武陵源的桃花如霞。

㉛ 野人家：指郊外农民。

㉜ 苔岑合：同朋友的朋友欢聚。苔岑，指友人之友。

㉝ 翰墨缘：即以文会友。翰墨，笔和墨。借指文章和书画。

㉞ 禅：佛教语，指和尚静坐。

㉟ 笔如椽：像椽子一样的大笔，喻高手笔。

金山寺藏鼎记[1]

梅曾亮

吾友叶东卿先生[2]，得古鼎于岐山之农[3]，征文实事，定以为周宣王时物[4]，其臣遂启谌伐猃狁归[5]，赐以酬庸者也[6]。于是诗以张之[7]，寄置于丹徒之金山寺，属曾亮为之记。

夫万物所乐者，成也久也，自圣人不能违之，铭物必祝其寿，子孙永宝用，至庄周、列御寇之徒，一切齐得丧成亏[8]，浮屠氏兴而其说加厉，今以古人欲世守之物，而寄之浮屠氏，岂制是器之意哉？

金山四宝之一——遂启谌鼎

曾亮曰：守之善者，盖莫有善于是也！夫物之易失者，以己独有之，而人不有之者也。夫独有是物，而不使人与有之，虽有盖世之威，不足以持其后，况守是物者之为吾人也哉[9]？然则孰能守之？曰：惟不自有者能守之。今浮屠氏之法，其身之不自有，而何有于居？其居之不自有，而何有于所寄之物？虽其重楼杰观之地，途之人游焉，莫之御也；虽有所共宝贵之物，途之人观焉，莫之非也。夫然，故天下之忌有是物者，皆释然曰："彼且不能专之，吾又乌容竞之[10]。"天下之欲有是物者，又释然曰："吾未尝不与有之，吾又乌容专之。"故曰：守之善者，莫有善是于者也。

昔东坡以吴道子之画四菩萨舍僧惟简[11]，而曰："吾自度不能常有是也，故以与子，子将何以守之？"此岂真虑其不能守也哉？使虑之，则亦不舍之矣。且惟简之能守与否即未可知，而东坡以一舍之故，道子画至今不亡，则虽谓善守是物者，莫如东坡可也。此盖先生之微意也夫！

[作者简介]

梅曾亮(1786—1856),字伯言,上元(今江苏南京)人。清道光进士,官户部郎中。少喜骈文,后专力为古文,师事姚鼐,与管同并为桐城派后期重要作家。所作多为书序碑传类文字,亦能诗。有《柏枧山房文集》《诗集》。

[注释]

① 本文选自《梅曾亮文选》(华东师范大学出版社 1992 年版)。

② 叶东卿:叶志诜,字东卿,清汉阳(今湖北武汉)人,精于金石,所藏彝器尤多。

③ 岐山:在今陕西岐山县东北,相传周朝先祖古公亶父自豳(今陕西旬邑)迁此建邑。

④ 周宣王:周厉王子,公元前 827 年到公元前 782 年在位。厉王死于彘,周召共立之,用仲山甫、尹吉甫等,北伐猃狁,南征荆蛮、淮夷、徐戎,旧史称为中兴。

⑤ 猃狁(xiǎn yǔn):我国古代北方的少数民族。

⑥ 酬庸:酬答他的功劳。

⑦ 张:宣张,显扬。

⑧ 齐得丧成亏:把得失成败看成一样。

⑨ 吾人:我辈。

⑩ 乌容:何必。

⑪ 吴道子:唐阳翟(今河南禹县)人。著名画家,擅长佛道人物。苏东坡评他的画说:“画至吴道子,古今之变,天下之能事毕矣。”

甘露凌云[1]

麟　庆

北固山在镇江府城北[2]，三面临江，崖壑陡绝。晋蔡谟建楼其上[3]，梁武帝登楼延望，更名北顾。吴孙皓建寺山旁，因值改元甘露，遂以命名。宋祥符间，移大殿于山顶，因山为廊，直通殿左。吴琚榜曰天下第一江山[4]。又，唐节度使李德裕在山东铸铁为塔，高七级，以镇江潮，因名卫公塔。东为走马涧、甘露港，其水俱入大江。丙申六月[5]，余勘京口埽工，乃过定波门东行，有土坡中隆若脊，仅容一骑，缘坡到门，望宝殿巍峨，俨在云际。循廊左转，过殿登多景楼。楼北向，面临大江，金、焦二山拔出江心，岌嶪于左右。金山寺裹山以壮丽胜，焦山山裹寺以幽冶胜，且江流滚滚，横亘于前，南临铁瓮，北接瓜步[6]，西连天荡[7]，东控海门，浩浩乎，荡荡乎，觉目力有尽，水流无尽，诚哉巨观也。寻过卫公塔，读塔铭。谒三贤祠，祠祀李卫公、苏东坡、米南宫，额曰“称此江山”。又有巨石状如羊，或指曰此很石[8]，为诸葛武侯与吴王孙权坐谋破曹处。夫石一蠢物，乃经武侯一坐，其名遂传千古，是知江山虽

北固山狠石

胜，而所以传此名胜者，则又实在乎人矣。昔《世说》记荀中郎羡在京口望海[9]，云虽未见三山，便使人有凌云意。余则以为海上三山[10]，亦未必胜此京口三山也。

［作者简介］

麟庆(1791—1846)，字见亭，满族人。清嘉庆十四年(1809)进士，授内阁中书。后任贵州布政使、湖北巡抚、兵部侍郎、都察院右副都御史、两江总督。著有《鸿雪因缘图记》等。

［注释］

① 本文选自《鸿雪因缘图记》。

② 镇江府城：镇江府的城垣。今青云门一带为府城外围。

③ 蔡谟：东晋人。

④ 吴琚：宋人，书法家。

⑤ 丙申：道光十六年(1836)。

⑥ 瓜步：即瓜洲，镇名，与镇江金山、西津渡隔江而对，为南北咽喉，亦称瓜埠。清末全城沦入大江。

⑦ 天荡：黄天荡。在今句容下蜀与江宁龙潭交界处江段。

⑧ 很石：即狠石。

⑨ 荀中郎：即荀羡，字令则，晋代颍川颍阴(今河南许县)人，历官驸马都尉、北中郎将，徐州刺史。见《世说新语·言语》。

⑩ 海上三山：蓬莱、瀛洲、方丈三山。

中　泠　泉[1]

金武祥

泊镇江，游北固山，上摩云亭，登多景楼、石帆楼，皆近年重建。而壁间旧刻吴琚“天下第一江山”六大字（旧为梁武帝书），笔势相称。翁覃溪尝缩临之[2]。

越日游金山，东憩妙高台，西入留玉阁，观东坡玉带。又至禅堂，首席周遂启谌鼎。乃下山南行，过渡里许，经郭璞墓。《方舆胜览》云：“金山前有三岛，号石牌，俗称郭璞墓。”明知其误，以讹传讹也，璞随其母与昆，俱葬江阴县北近海。所谓“北阜烈烈[3]，巨海混混[4]，累累三坟，惟母与昆”是也。游新创中泠泉亭。回廊高阁，两桥通焉。

扬子江心水，为天下第一泉，本在江中。数十年来沙涨成洲，近因划沙分亩，始见泉眼。遂浚一池，以石围之，纵横方数丈，凭栏而玩，觱沸四溢[5]。得此亭，益足增胜矣。京口山水之胜，皆显豁呈露，此在西南隅，独辟幽境，江堤环匝，风帆隐现，品泉闲话，别有超然尘俗之想。章试白下过此，题诗云：“故乡名胜推京口，第一江山第一泉。”其全首未能相称，姑记游迹而已。

张又新《水记》：“扬子江有中泠水，为天下点茶第一。”《名胜志》：“中泠亦曰南泠。”余以为旧称三泠，以三石簰分之（石簰皆巉石隐出水面，若木排然，即云根岛，亦曰石簰）。李德裕所辨则为中泠，陆鸿渐所辨则为南泠，其北泠第指江言，非更有北泠泉也。东坡诗：“中泠南畔石盘陀。”蔡肇诗：“中泠之西古石排。”皆可为证。今所创泉亭，在俗所称郭璞墓西南，当为南泠泉矣。

亭前石池汲水极便，既无铜瓶长绠之难[6]，可除大雄殿井水之冒[7]。据传者云：“汲北泉满一瓯，可投五十钱不溢，惠山泉则可投三十钱[8]，他水投二十钱未有不溢者。”余未之试也。

[作者简介]

金武祥(1841—1924),字淮生,号粟香,清末民初江苏江阴人。著有《粟香五笔》。

[注释]

① 本文选自《粟香五笔》(中共中央党校出版社1998年版)。

② 翁覃溪:指翁方纲(1733—1818),字正三,号覃溪,直隶大兴(今北京)人。精于考据、金石、书法。

③ 烈烈:山高峻险阻貌。

④ 混混:水势盛大。

⑤ 觱沸:泉水涌出貌。

⑥ 铜瓶长绠之难:因过去泉在江心,取时又不能与江水相混,故用特制铜瓶(其盖可迅速启闭)以长绳垂至泉水中始取到,故难。

⑦ 冒:冒充。

⑧ 惠山泉:位于无锡,有“天下第二泉”之称。

赵芬夫人传[1]

蔡元培

吾友王君家驹丧其妻赵夫人[2]，忧伤憔悴，有逾恒情。既而以夫人事状请为传。元培读之而慨然曰：王君与夫人素有师友渊源，与旧式结婚取决于媒妁之言者不同；而夫人出则为革命党，处则为良妻贤母，尤与寻常女子不同。乃结婚甫三年，而忽焉死别，宜乎王君之忧伤憔悴，与普通悼亡者不同也[3]。元培其何敢以不文辞。[4]

按状夫人讳芬，字吟香，又字芸香，江苏丹徒人也。幼受父教，颖敏过人。十岁能文章，又次第肄业于镇江、江宁、上海、香港诸女校[5]，成绩优异。然夫人慷慨爱国，既见于革命之不可以已，则急起直追之。是时，其兄声方以积学知兵[6]，为国内革命党领袖，谋举事广东，夫人遂为之奔走近十年，与于民国纪元前二年广州之奋斗，世所谓黄花冈之役者也。是役既失败，声以愤死，而夫人奔走如故。武昌起义，偕其兄念伯及光率声旧部，转战于南京、上海之间，手制炸弹，躬冒枪刃，数滨于危而气不稍馁[7]。事平，谓其两兄曰：今而后，国家之事，惟兄等任之，妹其归奉老父矣。

民国□年，王君有前妻之丧，谋续娶，夫人以父命与王君结婚。既主家政，持己以俭，待人以诚。抚王君前妻之子如己出。阅二年，生一女，遂常有疾。八年二月十六日卒，年二十有八。赞曰[8]：

夫人运动革命，与吾乡秋君瑾同，豪于饮、工于文亦同。顾秋君结婚在革命以前[9]，其夫非同志，不得不与之决裂；且未及实行革命，而已为清吏所戕[10]，临殁有余恨焉[11]。夫人躬于革命之战，及见民国成立，又得同志之夫，于国于家，皆得有所表见，其际遇胜秋君远矣，而特不永其年，惜哉！

[作者简介]

蔡元培(1868—1940)字鹤卿,号孑民,浙江绍兴人。清光绪年间进士,翰林院编修。早年提倡民权,鼓吹革命。1912 年 1 月任南京临时政府教育总长,主张教育应从造成现世幸福出发,提出修改学制、男女同校等改革措施。1917 年任北京大学校长,使北大成为新文化运动的发祥地。“九一八”事变后,积极开展爱国民主抗日活动,后病逝于香港。

[注释]

① 本文选自《蔡元培全集》第三卷(中华书局 1984 年版)。

② 王家驹:字维白,镇江市丹徒高桥人。日本法政大学毕业,曾任安徽省教育厅厅长。

③“宜乎”句:意谓王君忧伤憔悴,与普通悼亡者不同是应当的。

④ 不文:不擅作文。

⑤ 肄业:学习(课程)。

⑥ 其兄声:她的兄长赵声。赵声(1881—1911),近代民主革命家。字伯先,江苏丹徒大港(今属镇江新区)人。早年参加民主革命。1911 年 4 月与黄兴领导广州起义黄花冈之役,不久在香港病逝,归葬于镇江夹山竹林寺旁。

⑦ 滨:濒,接近,临近。

⑧ 赞曰:文章的结语,用于对人物的赞美。

⑨ 顾:但是。

⑩ 戕:杀害。

⑪ 殁:死。

赵声“先声夺人”印章

笪重光传[1]

唐邦治

先生讳重光，字在辛，号江上外史。罢官后，间自名曰蟾光，曰逸光，曰郁冈居士，曰扫叶道人，曰始青道人，曰僧摩。先世宋乾德三年自淮西六安县迁居江东路句容东乡之茅冈[2]，号“笪家塬”，今称茅庄者是也。明嘉靖初，先生高祖鸠幼孤，依族姓于丹徒[3]，遂家京口，自是句容、丹徒皆有笪氏试籍[4]。故先生之父及先生之子若孙皆丹徒诸生，而先生独以句容籍入仕[5]，故自署句容[6]。曾祖继良由万历辛卯乡举[7]，官至山西平阳道。罢归，讲学鹤林寺天心书院，学者称我真先生，省志有传。祖之玠，诸生，早世。父昌龄。堕地十日失怙[8]，母张(氏)抚之成立。官江西万年县令[9]。先生年弱冠[10]，姿度弘伟，推倒侪辈[11]，行卷文字[12]，见者推为大家。读书焦山僧舍，补博士弟子[13]，高等食饩[14]。旋值鼎革[15]，

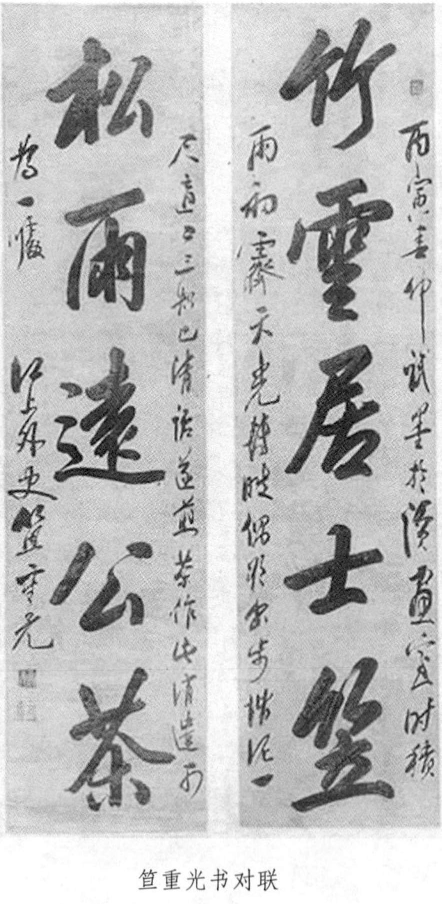

笪重光书对联

清顺治五年遭父忧[16]。服除[17]，辛卯中乙榜[18]，明年成进士[19]，观政刑部，晋郎中。十二年七月，世祖锐意于生民疾苦[20]，特简御史巡方，先生与焉。拜命江西，下车甫匝月[21]，即草疏劾贪酷监司李嘉猷[22]，谓其才则猛鸷剽捷，其守则狼狈恣睢[23]，使万民饮恨，而属吏不敢犯其锋；能使道路指名[24]，而公庭不敢数其罪[25]。恃才而贪愈烈，善贪而才益彰。江省若留此官，即参他员而人不慑；此官不以贪处，即纠小贪而法不灵。彼交游称广，有恃为非，臣不敢畏祸不语，为简书辱[26]。乞立赐乾断[27]，地方幸甚。疏入，竟不报[28]。寻中谗[29]。明年四月，罢还京。十四年七月，坐故出入人罪[30]，削籍放归。先生绣衣持斧，才半载耳[31]。风骨嶙峋，佥邪绝迹[32]，敏干之誉，百年后犹传道弗衰。其《出都门答通政王思龄》诗曰："只因鸣便斥，不道直难容。"可谓怨而不怒，得《国风》《小雅》之遗者矣。还乡后，往来句曲、京口之间[33]，于茅庄筑松子阁、鹦笑斋、鹅池馆。京口则五州、八公、九华、竹林、招隐、金、焦、北固诸名山[34]，不常厥居，随意所适，盖恣意于游览。吟咏与高士冷士嵋、吏部张九徵唱酬最夥[35]。致力书画，书法探源魏晋，尤近苏米，与姜西溟、汪退谷、何义门称"四大家"[36]。王梦楼论先生书[37]，是"生而具锁子青骨[38]，宿世高真，不徒藉学力者，实为本

笪重光书画用印

朝第一”,其推许如此。又精六法[39],与恽南田、王石谷友善[40]。康熙壬子十月[41],三人浮舟毗陵水次[42],先生与石谷合写《霜林红叶》,南田称赞叫绝,相与唱和十余章始罢。南田称江上翁抗情绝俗[43],与云林神合[44],可以睨痴翁[45],傲白石[46],无论时史矣。先生著《书筏》《画筌》各一卷[47],津逮后学[48],识者以为度尽金针[49]。康熙三十一年壬申六月十日终[50],年七十。

初,顺治十六年夏,明遗臣郑成功、张煌言连艟入长江[51],犯京口,先生与张公九徵登陴守御[52]。及城陷,又设计恢复,为功甚巨。平日好施与,振穷独,乡人德之。句容、丹徒两邑,皆祠祀乡贤。所著《江上集》,旧八卷,久佚。近人李树人搜辑刊行[53],共十一卷。先生子孙多能世其业。论曰:先生墨妙流落人间者,无不藏弆什袭,守若璆琳[54]。然先生致力书画,实在罢官以后(冷秋江寄先生诗[55]:“北阙辞丹陛,南山归竹林[56]。伫看丹术就,日见墨池深。”题注先生工书。言书不言画,可见时尚未工书也)。向使白简趋朝[57],顺流平进,即位至极品,不过生有蟒玉之荣[58],殁有祭葬之典而已。朝花一谢,秋草同凋,安能使帝王卿相胜客名流,抚遗卷而流连,仰高风而倾倒者乎?若陶通明求县宰不遂[59],挂冠而去,至今华阳隐居,声名高于泰岳。先生郁冈真隐,何遽让之?且与先生同时出巡顺天者为丹徒顾伯元仁[60],辇下至目为“京江两御史”[61]。其年十一月,仁被讦告贪婪[62],伏法东市,举主龚鼎孳等并获严谴[63]。然仁被罪真相,官私书籍皆不敢纪述。《御史题名录》至没其人,《丹徒县志》亦不载,断头喋血,喑呜而终[64]。然则先生之被放归林,栖迟终老[65],岂非大幸也欤!惟彼顾君既与先生齐名,又为龚端毅所知,必非庸品,不知京口旧家,尚有默记疑狱,藏于山岩屋壁者否?兹因传先生,而不觉一愤以之也。

撰稿竟,书其后曰:往读志乘,载先生小传,病其寥落寡味,而小说家言,记先生事多怪诞,如孟坚所称东方曼倩者然[66]。及获先生集,反复读之,观其自序家谱,则籍丹徒,纷然聚讼者,可了然矣。观《实录》(即《东华》所本所载)[67],则顺治十四年七月罢免归山,何得如《啸亭杂录》下效三十余年后之相国明珠、余国柱哉[68]？《御史题名录》，今人所谓半官书也，置先生补御史于顺治十八年，遂生后世疑窦。要如撰御定之书，尚不尽可信，何况走马兰台多年失学之徒所编次者乎[69]？里巷短书[70]，或称先生为"解元"，或称"监司为某权贵子"，或称"权贵曾客行刺于山中"，或称"先生卒后有人见之于天台、汉龙、太行诸山"[71]，直齐人野语[72]，尚足道哉！本传十九皆据《江上集》并集中附录。先生父、先生子孙入丹徒学[73]，据先生《家谱》，皆凿凿可信者。近徒邑城西磨刀巷有人于宅旁署"江上里"三字[74]，谓系先生旧居，此仍俟考也。

[作者简介]

唐邦治(1875—1953)，丹阳籍，生长于镇江，秀才出身，南菁高等学堂中等毕业，奖岁贡。历史学者，曾参与《清史稿》纂修。

[注释]

① 本文选自《丹徒丹青》。笪重光(1623—1692)，字在辛，号江上外史、郁冈居士、扫叶道人等，丹徒(今江苏镇江)人。清初著名书画家、诗人和艺术理论家。进士出身，曾官至御史。笪重光不仅擅长书法，列入清初"四大家"，被推为"本朝第一"，而且精于绘事及书画作品收藏和鉴赏，有《书筏》《画筌》《字略》等著作传世。中、晚年的笪重光隐居家乡五州山、茅山等地学道，编纂《茅山志》，是道教史专家，还是茅山宗"龙门派第八代启派师"。笪重光还对佛教有相当的了解和兴趣，今句容宝华山留有其"律宗第一山"等题刻。对于这样一位思想复杂，拥有多方面成就的人物，当时及以后的文献记述都语焉不详，包括《丹徒县志》《句容县志》的记载也有若干疑点。关于其"白猿护主""早离江西"的传奇至今仍存于家乡民众的口碑。

② 宋乾德三年：宋太祖乾德三年(965)。淮西六安县：在今安徽省，北宋开宝四年(971)由六县改名。淮西，宋代行政区划。宋熙宁间分淮南路为东西路，淮西相当于今天苏皖两省长江以北，淮河以

南的部分。江东路句容东乡之茅冈：今句容市白兔镇茅庄。茅庄有笪氏祖居"协一堂"遗址。江东，江南东路，北宋以金陵、太平、宁国、广德等为江南东路，范围相于以今南京为中心的苏皖交界的地区。

③ 族姓：同姓的亲族，即俗谓"本家"。

④ 试籍：士子参与科考之隶籍。我国自西汉以来，任官选举定由郡贡送。至隋唐科举兴，亦按州郡贡士籍，沿至士子参与各级科考，莫不首须填明其本人籍贯乡里。笪氏原有句容、丹徒双重试籍。故下文曰"先生其父、子及孙皆丹徒诸生而其本人为句容籍"。

⑤ 独以句容籍入仕：明末在镇江城里笪姓人士中独（他）以句容籍人的名义应试当官。

⑥ 自署句容：自署籍贯"句容"。笪重光书画鉴藏章作"润州笪重光"。

⑦ 继良：笪继良。笪重光的曾祖父，字赤如，号我真。明万历十九年（1591）举人，后在江西铅山鹅湖任县令，政绩著，有廉名，当地建"笪公祠"祀之。晚年定居镇江南郊鹤林寺等处讲学。

⑧ 失怙：失去父亲。

⑨ 万年：县名，明设，今属江西省上饶市。

⑩ 弱冠：一般指20岁成人。

⑪ 推倒侪辈：压倒同辈，同辈人比不上他。

⑫ 行卷：唐代应举者把所作诗文写成卷轴，投献朝中显贵，希望得到赏识，称为"行卷"。明代书坊刻举人中式之作，以供人揣摩仿作，亦称行卷。这里指笪重光的应试之文。

⑬ 博士弟子：汉武帝设博士官，置弟子五十人，令郡国选送。联系下文"高等食饩"，这里似为廪生。

⑭ 食饩：明清时，生员考试优等者，称为廪生，官府给以食廪。饩，谷物。

⑮ 鼎革：革故鼎新，一般指改朝换代。文中指1644年明亡，清军入关。

⑯ 父忧：父亲去世。

⑰ 服除：除掉丧服，指为父亲服丧期满。

⑱ 辛卯中乙榜：1651 年参加乡试考取举人。明清科举制度，乡试合格的为举人，称乙榜。辛卯，顺治八年，公元 1651 年。

⑲ 明年：第二年，1652 年，下文“十二年”“十四年”分别指 1655 年、1657 年。

⑳ 世祖：清世祖福临，年号顺治，1644—1661 年在位。

㉑ 下车甫匝月：上任刚一个月。下车，到任。

㉒ 草疏劾：草拟疏文弹劾（李嘉猷）。

㉓ 其才则猛鸷剽捷，其守则狼狈恣睢：他的才能剽悍凶狠，他的行为则与奸邪串通勾结，暴虐专横，残害民生。

㉔ 道路之指名：道路之人指（李）名而詈骂。

㉕ 公庭：官府公堂。

㉖ 简书辱：历史上的污点。

㉗ 立赐乾断：（皇帝）立刻给予裁决。乾，八卦首位字，代指“天”“皇帝”。

㉘ 竟不报：居然没见批办的公文下来。

㉙ 寻中谗：不久中了别人的谗言。

㉚ 坐故出入人罪：因犯有故意量刑不当的罪过。

㉛ 绣衣持斧，才半载耳：担任执法大吏，才半年（即顺治十二年七月至次年四月）。汉武帝时，民间起事者众，不能止，因使范昆、张德等衣绣衣、杖斧至各地兴兵镇压。后以绣斧指皇帝特遣的执法大官。

㉜ 风骨嶙峋，佥邪绝迹：铁骨铮铮，正气凛然，各类奸邪的人和事不见踪影。佥，众。

㉝ 句曲：今句容市。句曲原指句曲山（茅山）。

㉞ 五州、八公、九华、竹林、招隐：均为镇江山名。镇江城南诸山相连，其中五州山位于镇江城西南郊，笪曾在此隐居，“净因寺”“翠岩室”等遗迹尚存。

㉟ 高士冷士嵋、吏部张九徵：冷士嵋，见注62。张九徵，清名臣

张玉书之父，丹徒人。

㊱ 姜西溟、汪退谷、何义门：三人均清初人。姜西溟即姜宸英，浙江慈溪人。年70始举进士，后为顺天考官，受累下狱死。工书画，著有《湛园集》。汪退谷，名士鋐，字文升，又号秋泉，长洲（今江苏苏州）人。工诗文，尤善书法。何义门，名焯，字屺瞻，号茶仙，长洲人。先世曾在"义门"受朝廷旌表，学者尊称其为义门先生。

㊲ 王梦楼：即王文治，号梦楼。

㊳ 锁子青骨：青骨，系仙、道常用语，《佩文韵府》"青骨"条下曾列举有道家诗句。锁子（青）骨，唐李泌少时身极轻，能于屏风上行，既长，辟谷导引，骨节珊然，人谓"锁子青骨"。故此处"锁子骨"系赞誉笪重光先生具备有神仙、道祖之骨相风格，超尘出世，不与俗同。

㊴ 六法：此指绘画艺术技巧。

㊵ 恽南田：清初画家恽寿平（1633—1690），本名格，字寿平，以字行，号南田，武进（今属江苏）人。诗画皆工，擅绘花卉，创"没骨体"一派。王石谷：清初画家王翚（1632—1717），字石谷，号乌目山人、耕烟散人，常熟（今属江苏）人。作品以元人笔法而通唐人气韵为主，是清初"四王"之一。

㊶ 康熙壬子：康熙十一年（1672）。

㊷ 毗陵：今常州市。

㊸ 江上翁：即江上外史笪重光。

㊹ 云林：元代画家倪瓒（1301—1374），字元镇，号云林，无锡（今属江苏）人。工诗喜画，"元四家"之一。

㊺ 痴翁：元代画家黄公望（1269—1354），字子久，号一峰、大痴道人，平江常熟（今属江苏）人。精山水画，"元四家"之一。

㊻ 白石：明代画家沈周（1427—1509），字启南，号石田，又号白石翁，长洲（今江苏苏州）人。能文，工书画，"明四家"之一，山水花卉，无不精妙。

㊼《书筏》：书法论著，笪重光著。《画筌》：中国画论著，笪重光著，王翚、恽寿平合评。用骈体文，所论为山水画法。

㊽ 津逮后学：嘉惠后世学者、后进学人。

㊾ 度尽金针：原意是比喻把某种技艺的秘法、诀窍传授给别人，此处指导引后人在学艺上升堂入室。

㊿ 康熙三十一年壬申：公元1692年。

51 “明遗臣”句：1659年（顺治十六年），郑成功、张煌言军自闽浙海上入江，攻克镇江城，驻守凡三十六日。

52 登陴守御：登上城楼参加防御。

53 李树人：李丙荣（1867—1938），字树人。工诗词，重视地方文献搜集。在其父镇江诗坛领袖李恩绶汇辑《丹徒县志摭余》10卷稿的基础上，扩编一倍刊刻行世。

54 藏弆什袭，守若璆琳：把（笪的墨迹）精心收藏，视若美玉奇珍。

55 冷秋江：清初遗民诗人冷士嵋，号秋江，镇江丹徒镇（现属象山镇）人。

56 北阙辞丹陛，南山归竹林：化用唐孟浩然《岁暮归南山》“北阙休上书，南山归敝庐”句。

57 白简趋朝：意为捧着弹劾（邪恶权贵）的奏章入朝堂。白简，指弹劾奏章。《晋书·傅玄传》言玄为御史中丞，每有奏劾，或值日暮，捧白简，坐而待旦。

58 蟒玉之荣：蟒袍玉带的荣宠。与下文“祭葬之典”联举，意指做官达到位极人臣的地位。

59 陶通明：陶弘景。他在给其从兄的信中说：“昔仕宦应以体中打断，必期四十年左右作尚书郎，出为浙东一好名县……今年三十六矣，方作奉朝请，此头颅可知矣。不如早去，无自劳辱。”下文的“求县宰不遂，挂冠而去”即指此。

60 顺天：今北京市。顾伯元仁：名仁，字伯元，丹徒（今镇江市）人。顺治四年（1647）三甲二名进士，与同邑张九徵、王际有等同榜。

61 辇下：京师、首都。亦作“辇毂下”，即天子车驾近旁。

62 讦告：揭发（隐私）控告。

⑥③ 龚鼎孳，字考升，号芝麓，合肥（今属安徽）人。明崇祯年间进士，官至兵部给事中。入清后，累迁左都御史，历任刑、兵、礼三部尚书。谥端毅。

⑥④ 喑呜而终：吞声悲咽了其一生，即含恨而死。

⑥⑤ 栖迟终老：隐遁山林到老。

⑥⑥ 孟坚所称东方曼倩者然：如同班固在《汉书》中称指东方朔那样的。孟坚，东汉史学家班固，字孟坚。东方曼倩，西汉辞赋学家东方朔，字曼倩。

⑥⑦《实录》：此指清初阁档——顺治、康熙两朝《实录》。

⑥⑧《啸亭杂录》：记述清初至嘉庆时政事、当时社会经济情况之私家史著，题"汲修主人作"，实为礼亲王昭梿所选，10 卷，《续录》3 卷，光绪六年（1880）刊行。

⑥⑨ 走马兰台：指充任史官职务。兰台，指御史台或史官，为汉代藏秘书之宫观，初以御史中丞掌之，后置兰台令史，专掌书奏，唐龙朔二年（662）改称秘书省为兰台。又因东汉人班固始为兰台令史，受诏撰成《光武本纪》，故后世对史官亦美称为"兰台"。

⑦⓪ 里巷短书：民间野史。

⑦① 天台、汉龙：天台为浙（江）东山名，汉龙为甘肃山名。

⑦② 齐人野语：俚俗不可信之传说。

⑦③ 丹徒学：丹徒县学。故址在镇江市区寿丘山，现为江苏大学梦溪校区。

⑦④ 城西磨刀巷：磨刀巷早见于《至顺镇江志》，在镇江市区古运河东，近双井路。民国学者陈庆年的藏书楼（"传经楼"）在磨刀巷 20 号。"江上里"：原名笪家大门，后易主袁姓。为磨刀巷的一支巷，民国时期命相家、医生袁阜（字树珊）曾居此。

鼓 楼 岗[1]

陈邦贤

镇江城内的鼓楼岗，是镇江的古迹之一。一个很高的岗子，气势雄壮，相传是孙权和周瑜在那里登台拜帅的地方。昔日的江苏省立镇江师范学校前面有鼓楼岗的古迹，后面以十三门为靠背。站在城头上，那金山、焦山和北固山的风景，都在我们的眼前。在战前，胡朴安先生长江苏民政厅的时候[2]，他每逢星期常常光临此地，欣赏这大自然的风景。吕凤子先生长第六中学的时候[3]，曾经在鼓楼岗做过艺术科的教室，岗上有一座大钟，还是明代的产物。曹漱逸先生长镇师的时候[4]，常常想在十三门的上面砌它一座楼，叫做寻耻楼，一则雪日寇侵略的近耻，一则雪夷匪之乱的远耻。镇江的城叫做铁瓮城，著名的坚固，不易攻破。夷匪之乱，屡攻不克，有汉奸建议："要攻镇江城，先打十三门。"于是这个地方被敌人攻入了。曹先生的意义深远，惜楼未筑而日寇已长驱直入了！月前复员归来，特地往那里凭吊很久，镇师固然是片瓦无存，就是城墙上的砖头也都乌有，鼓楼岗仅剩两堆小小的黄土罢了。这次日寇的毁坏，我们文化的损失，岂仅是鼓楼岗的一地和镇江师范的一校吗？类乎此的很多呢！

鼓 楼 岗

[作者简介]

陈邦贤(1889—1976),字冶愚、也愚,号红杏老人,镇江人。早年随丁福保学医,旋赴上海入中日医学校,结业后留校任职。1909年返镇创刊《医学扶轮报》。他还是镇江中医学校、中医学院的创办人。入民国后,一直从事教育事业。抗战期间在教育部医学教育委员会任职,后应聘任北碚国立编译馆自然组纂修。解放后,历任镇江市和苏南地区卫生行政工作。1954年调卫生部中医研究院,专事中医史研究。曾任第四届全国政协委员。著《中国医学史》《二十六史料汇编》《十三经医学史料汇编》《诸子集成医学史料汇编》《中外医事年表》《医学史纲要》《中国医学人名志》《自勉斋随笔》等。

[注释]

① 本文选自《自勉斋随笔》(上海书店出版社1997年版)。

② 胡朴安:安徽泾县人,民俗学家。

③ 吕凤子:名濬,江苏丹阳人,美术家、教育家,曾任江苏省立第六中学校长。

④ 曹漱逸:名刍,江苏扬州人,曾任国民政府教育部中等教育司司长,解放后为南京师范学院教授。

勃克夫人自传略①

[美]赛珍珠

我是美国的住在维基尼亚(Virginia)和西维基尼亚(West Virginia)的教会人家的女儿。我是我的家族中次小的一个,但困苦的早年的厄运——当我的父母远住在中国内部的时候,那儿很少有白种人的,有时甚至除他们自己之外,没有白种人的——致使家中比我年纪大的孩子全部死亡了,只有一个在我懂事以前离开家庭留在美国受教育的兄弟幸免。

这个结果使我一直很孤独地长成。我的父母住过很多地方,但在我还是孩子的时候,便移居到一个沿扬子江的城市叫做镇江。我的童年便在那儿静穆地消逝,住在一间建筑在山顶上的小茅屋里,从这个山颠上可以俯看长江和人烟稠密的鱼鳞也似的瓦屋顶。在我们家的那一边,有许多矮小的山,可爱的园景一般的山谷和竹林。我们居住的山脚下有一个雄伟幽暗的古庙,里面住着一个执拗的老道士,他时常拿一根竹竿追赶我,倘若我在漫步时太走近了庙门的时候。我是愉悦地骇怕他,他要算是我的童年中的幽灵,

赛珍珠故居

虽然有时在深夜中我惊醒了的时候，听着深长的、严肃的、孤寂的钟声在黑暗中撞响着，我是很惧怕而感觉不舒服的。我的小妹妹就是在这个屋子里生的，我们一同在这儿玩，我的母亲在这儿教诲我，准备我进大学，给予我的所有一切。她什么事都教我的，并且使我对于音乐、艺术的美丽发生兴趣。尤其重要的，是她教我了解了文字上表现的美丽和什么样的文字才能表达意思出来。别的美国孩子们有社会、学校、教堂和一切，做他们的各种生活环境。我有我的母亲，也就没有失去了什么。从我很小的童年起，没有一个礼拜我不把我的所写的东西给她看的，她也不惮烦的，而且很是仁爱地下她的批评。我从她所获得这样的深厚，若不提到她，那是多么罪过啊！

但我在功课完毕了之后，我便在山上和山谷中徘徊，随便和人谈话，不断地听着看着他们会话，我相信许多事情是白种孩子们从未见过的。这国家的美丽和中国人的感觉就是这样的变为我的不会失去的一部分。

当我十五岁的时候，我被送进上海一个寄宿学校里去，在那儿我看见形形色色的中国人。在这个时候，我差不多以为我自己和中国人没有两样——倘若我真的这样想过的话。这是一种被养成的习惯，谛听他们在任何地方和到处的谈话。

我必定不要忘记我童年中另外一个主要的人物，那就是我的中国老奶姆。这个照应我们大家的人，她和我们同住了十八年。她对我讲述她的童年故事，和她自己生活过来的“太平天国”的恐怖。我花了很多长久的欣喜的午后谛听，遇着她在她家庭中补缀袜子的日子，她总归有小芝麻糖或是一碗好吃的东西给我吃的。

我的父亲由于他的事业上的关系，足迹所到的地方很是广大，他回到家中总是带来许多关于他的冒险的故事，他和母亲在我面前尽量地谈了许多事情，因此，我也给他的经验充实起来了。

当我十九岁的时候，我被带到欧洲，经过英国，旋即回到美国家中——虽说我们在中国生活着，我们的母亲总要我称美国是家——在美国，我进维基尼亚州立的玛根大学（Randolph-Macon）完成我的教育。我在大学里没有享受到什么了不得的生活,大学太狭窄了。我不能懂得女子们大谈特谈的人生,我的生活离开她们的很是遥远,犹如在另一个星球上似的。可是不久以后,我尽力学习去显得我是和她们一样,至少表面上是这样;因为随便是谁,只要听到我是从什么地方来的,她一定会睁圆了双眼表示惊讶的,这个使我很激怒。

结束了大学生活的时候,我便回到中国的家,正遇我的母亲生了重病。我费了两年的工夫看护她,这长时间寻求我的唯一娱乐的方法,便是短途的散步和同中国朋友谈心,这是我的快慰。

后来我嫁一个美国青年,我的母亲也复元了。我去到中国北部一个城市里,他是在那儿工作的。我们住在那儿将近五年的时日。

这五年的日子是在富裕和最贫困的人群里过活的。有一个时期,我们是那个城市里和乡间的绝无仅有的白种人;而且在那儿我们白种人从来没有超过六个人的时候,所以我的生活是常常混杂在中国人群中的。在这儿我和那些人民来往,因而得着了最深切、最亲密地了解他们的人生知识。已经是一个已婚的女人,所以我有比前较多的自由和他们往还了。中国妇女也就把我当做妇人对妇人,朋友对朋友地谈心了。我有好几个最要好、最亲密的朋友就是在这几年中结交的,她们现在仍是我的朋友。

表面上看起来,我们的生活是极其充足了。我曾经遭过一次患难,意思是只那一次;我们在土匪攻城的混战中,流弹像成群的鸟雀一样稠密地在我们城内的小的中国房子上飞舞,有时我们下乡去,或是步行,或是因为路途太远了,我坐轿子,我的丈夫骑着他的脚踏车。我到过些女人从未到过的地方,我相信,我若是提出来作为谈话,恐怕几个星期是够谈的。后来我们来到南京,我的丈夫当金陵大学农学院农业经济及乡村社会系的主任。这儿生活又异样了。我们住在这儿眼见着这个国家的革命,看见旧时代被打倒,新时代挣扎着,虽是微弱的,但是有生气的,就要诞生了。

我的最大的愉快和兴趣总在人民中间,因为我在中国人群中生活着;那末也就是中国人了。当我被寻问到他们像什么的时候,我是不知道的。他们不是这个,也不是那个,他们只是人民。我不能把他们描写得比我自己血统的人民更为详尽。我太近于他们了,和他们的生活关系太密切了。

因为这个缘故,我不喜欢那些把中国人写得奇异而荒诞的著作,而我的最大的愿望就是要使这个民族在我的书中如同他们自己原来一样地真实正确地出现,倘若我能够做到的话。我的一部分生活花在教书上,是在金陵大学和东南大学——现在改名中央大学,是一个国立学院。我教授英国文学。我并不十分喜欢教书事业的本身,可是使我发生兴趣的主要原因,还是由于这种生活使我从我的学生们身上得着些新的知识。

现在我们住在南京城内一座古旧的砖造的房子里,一个广大庭院围绕着这座房子,我爱这个庭院,我在这园中工作——培植树木花草。我的丈夫栽培蔬菜。我们在这个庭院中工作,夏天在这里吃饭,我们的朋友来到这儿,携带着他们的孩子来和我们的孩子在一块儿玩。我特别地欣赏我们的邻居。有的住在茅棚里,有的住在瓦屋里,有的是政府的官僚,便住在高楼大厦里。这些都是很有趣的事情。有时我们回到美国住几个月;但目下我的丈夫正忙着他的第二部书——《中国土地利用》,所以我们要留居好几年呢。

我抱歉,我好像没有想到别的什么事情好写,只是我有两个小女儿。一个是在学校里,一个五岁了,是陪着我们住在家里。她每天跟着她的老中文塾师学习读写中文。这位老塾师当了我的中国文学教师好多年了。

[作者简介]

赛珍珠(1892—1973),美国人。本名布克·珀尔·西登斯特立克。其父为美国来华传教士。幼年随父来中国清江浦(今江苏淮安市区)、镇江。后在美读完大学,返回中国。1921—1931 年任金陵大学教师。赛珍珠为多产作家,写有 80 余本书。注重描写中国乡村风俗人情,其中《大地》最具盛名,于 1938 年获诺贝尔文学奖。还著有

《告诉民众:同晏阳初谈平民教育运动》《隔壁的中国儿童》《玉兰》等。又翻译出版了中国古典名著《水浒传》。

此文原载《现代》1934 年第 4 卷第 5 期。原出版者附言:下面的传略不是勃克夫人所情愿写的,是应我们的请求而作的。她写道:"我承认这简直使我不舒服,把在海外的我自己,用图画和我日常生活的琐事刊布出来……我深愿我的书流行,却不要我自己闻名。中国人对于这个是很为感觉的。他们对于艺术家的尊重,只是因为他的艺术品,并不是艺术家的人格上有所兴味的。"

[**注释**]

① 本文选自郭英剑编《赛珍珠评论集》(漓江出版社 1999 年版),有删改。

居然江北复江南(节选)①

含　凉

动　机

不知是何因缘,在××大学的教员休息室里,听到一个消息:“倘然高兴到镇江去,可以参加××会。”有游癖的我,自然震动了心弦,很踊跃地自告奋勇。在4月3日的正午,随着一位外国同事和五位中国同事,从苏州乘火车到镇江。

镇江是我18年前旧游之地,当时的游伴徐稺稺君,现在已颓唐得像老人了。但是我还鼓起了童心,去寻旧梦,当然我很自幸,隔了18年,游兴丝毫未减。可是从种种不同的环境上,却也感到重大的怅惘。镇江的一切,比较18年前进步了多少?我已经模糊而无从回忆。只有一件事情,是很可以断定而说进步的最显著者,就是有几条街道放宽了,足够省行政领袖的汽车,风驰电掣地卷起一阵阵的黄沙来,吹迷避道的行人的两眼。进步的征象,仅此一点么?我不敢说,因为我始终是来走马看“山水”的人,哪里有工夫去观察社会和其他。

××会是江苏、浙江、安徽三省教会学校的集团,论理应当有许多问题要研究,要讨论,不过研究讨论,都是“奉此等因”一类的具文,于实际上仍是一盘散沙,各自为政的。所以漂亮的会员,总是把开会做幌子,而游览却视为当务之急的。尤其是我,在出发以前,就存着一个多走路少开口的心,所以下车伊始,便把游览日程去替代议事日程了。

依山为屋的公园

璞先生说:“沿京沪线的各个都市里的公园,都不及镇江的好。”

我们要证实这句话，不能不实地去登临一番，的确很好！依着山，建置几座屋宇，虽是所占的面积并不大，地位并不高，已经足够市民的游目骋怀了。不必把别处说，单说我们的苏州，哪里有这种新建设。走进苏州公园的，有怎样的憧憬？我实在不忍说了。

在残照里，瞻仰赵伯先烈士的铜像，觉得黯淡的幕，笼罩到我的心上来。虽说红的杏，白的玉兰，给我们许多春的安慰和引逗，但是安慰的成功很薄弱，而引逗了不少的感喟。长言之不足咏歌之，来几句落伍的旧诗罢。

伯先祠下踏青来，碧血青铜有古哀。
毕竟春寒忒料峭，桃花时节杏花开。

扬子江边的落日和宝盖山上的新月

“甚嚣尘上”的扬子江上，自然没有什么可玩。谁知给青先生发现了一个画意诗情的落日，圆浑浑地，红光光地，好像一块炽热的铁，在白云堆里坠向地平线下去。大家只有赞美它的好，一句也说不出好在哪里。短视的我，把半腰里一抹的云认做山，嚷着：“给山吞去了！”到后来有半规的红光，渐渐移过这云带，才恍然大悟。从整圆而半圆，而梳形，而掐痕，而一线，最美的是瞬时即归消灭了一线了，仿佛少女嫣然一笑的绛唇。想到李义山的“夕阳无限好，只是近黄昏”，我们不能再留恋了，并且日落了，夜色的幕里，有什么留恋的意味？我们在归途中，只可惜不能描画，不能摄影，不能作诗。老实说，连几句形容得真切的话，也不容易说。

在饱尝当地干丝肴肉后，上宝盖山去了。山上有一座已经停办的医院。××会借作会员的宿舍。因为昨天落过雨，今天天勉强放晴，也像薄病初愈，月儿还是很腼腆地不肯放出清光来。几座屋宇里，星星的电火，闪烁得真像繁星。我们在整洁的砖道上散步，不尖峭的风，吹到面上来，中间夹杂些不知名的野花香，和山上共有的天然味，觉得这突换的生活，怪有味的。这时候，忽地破空而来一起隆隆的巨响，连绵地由远而近，从东向西的火车，在山下经过顿时冲破了幽静，给我们一点厌倦。

充满了英雄故事的北固山

宋文治《北固山》

一般人说京口三山的风景，第一当推焦，第二是金，北固只能屈居第三。不过我的主观，却不是如此批评，以为北固虽小，可称第一。因为它在地位上，实在不恶，左金右焦，可以顾盼自豪。尤其是沿江的山脚，仰观峥嵘的山容，俯听澎湃的水声，金、焦两山没有这么的眼福耳福兼有之。还有一个英雄儿女交织着一段佳话所附丽的甘露寺，充满了《三国演义》的色彩，孙权和诸葛亮商略拒魏的“狠石”，走马的斜坡，孙夫人的“妆楼”，刘备的试剑石，尽管知道是附会，尽管高兴地向人絮叨，絮叨不已，还要诌诗：

北固廊房留壮迹，方言取譬故斜斜。
长江天堑曹瞒窘，狠绝双雄语不夸。

我们从壁上看到××学校名胜的考证说：镇江有一句方言“北

固山的廊房斜斜的”③。觉得它斜得很美，建置的时候，很有匠心。吴琚题的“天下第一江山”，未免推崇过甚，不过江和山连在一起，各有一种胜概，确是不容易的。我以为太湖里的洞庭山擅湖山之胜，和扬子江边的北固山擅江山之胜，可算是美尽东南。这句话，或者没有异议罢。

焦山的巡礼

本来的焦山，只消雇红船，为了时间经济，并且要上扬州去，所以借了一艘轮船，30 分钟就掠过了江南，停碇在山下。有几个兵士来问讯，叮嘱我们不要到山顶上去。因为那边有炮台，思先生的照相机，也只得留在船上。一行人随着一个导游者到定慧寺前，瞻仰那株长不及丈的“六朝柏”。到寺里，去抚摸那块久浸在江水里的“瘗鹤铭”。导游者时常要卖弄他的考证学问，我们寻幽探奇要紧，谁耐烦去听他。从“松寥竹坞”的宝座想到乾隆南巡，从枕江阁想到蒋委员长的行踪，从三诏洞想到焦光的高隐。种种不同的印象，在短时间里，像读史一般地一页一页地过眼，只有浪沙可以淘尽千古，我们立在悬崖上，自然要发些历史意味的感慨。到了海西庵，读杨椒山“铁肩担道义，辣手著文章”的楹帖。自然庵看朱元璋的五岳朝天像，还有什么人的手卷、册页等等，实在看不胜看，记不胜记。我们方才知道焦山所以留得住人的游踪，和尚所以笑逐颜开地接受游人的布施，都是这些古董的魔力。这就是“生财之道”罢！我们不是吝啬，为了节省时间，不能在每一个庵里坐一回儿，喝一点茶，我们有负了和尚的雅意，但是却无负于山灵，因为焦山的胜概，我们都见到了。胜概在那里？一处是定慧寺后面，炮台下面，丛杂树里。一处是海若庵以东、沿江的山嘴上，一行绿柳下。

柁楼听豪语

两点金焦势壮哉！下游门户众山颓。
柁楼附掌听豪语，敌舰尽教一弹灰。

暮色苍茫里，我们离别了绿杨城郭，乘风破浪，横渡扬子江，腔子里充满了诗意，无怪阿瞒先生横了槊还赋诗呢。但是我没有他的壮志雄心，只好望屠山而大嚼，在柁楼与柁工闲谈。那位宁波朋友倒是染有文人结习的夸大狂的，他说："刚才有四只日本兵舰，向西开去，要是真的闹翻了，怎够我们象山炮台的一炮。"青先生有些怀疑了，问他："象山炮台有这么的力量?"宁波柁工说："这是事实，那年孙传芳渡江，许多船都给象山的炮打沉的，我在镇江，眼见的啊。"青先生振作精神地赞美了一声"嗯"！旭先生却立在角落里，沉吟地说："恐怕只够打孙传芳的兵船呢。"幸而镇江已来欢迎，把他们的谈锋打断，不至再有无谓的辩难了。

清　算

我为了要到城里去，并且想舒舒服服地吃一回早茶，不和同伴上金山去了。这也算是奇迹，镇江人的吃醋，比无论那里都厉害。醋味也是镇江最好，虽也脱不了酸溜溜地，可是酸得平淡而柔和，所以不惯吃醋的我，也愿意尝一点新了。肴肉自然也是这儿的特产，我们在上海，在苏州，在南京，都能尝到仿造的肴肉，但是没有一处能及这个"色香味"三美毕具的。它的好处，腴而不油，透而不松，凡是猪肉的玩意儿，像枫泾的丁蹄，无锡的肉骨头，苏州的酱肉，嘉兴的咸肉，常熟的排骨等等，都不及肴肉的美。我说，这也可以象征镇江的一切，论山水，雄壮和柔媚，也是兼而有之的。论言语，在北音中间算软和，在南音中间算刚劲了。最有味的，瞥见一个摩登姑娘，从樱唇里吐出几句北方话来，听惯吴侬软语的我，耳鼓上换了一种刺激，好像肴肉蘸着酸，夹着姜丝吃，说不出的熨贴。

不知不觉，我们已出门四天了。明天要开学了。只得把没有玩的，俟诸异日，带了玩过的印象，乘火车还苏州。车厢里各人都把回忆来清算一下，思先生在中泠泉把铜子试泉的厚冽。青先生下金山，见一粒红豆似的少女，从两行绿柳中渐渐地幻灭。龙先生最幽默，不说什么。梦先生只顾吃甘蔗，璞先生很严肃地下一个批评："这回的旅行，觉得大家说话太多了。”我受了这个教训，所以也不再写下去了。

[作者简介]

含凉(1894—1967)，作家。原名范镛，字味韶，号烟桥，江苏吴江人。1913年肄业于南京国民大学商科，后在东吴大学等单位工作，毕生致力于文学事业。1911年创作长篇小说《孤掌惊鸣记》，与人创办小型周刊《星》，组织文学团体“星社”。1938年任《文汇报》秘书。1947年在家乡筹办仁美初级中学。编写《乱世英雄》《西厢记》《秦淮世家》《三笑》《无花果》《解语花》等电影剧本，主编《文汇画报》等。曾任苏州文管会副主任、江苏省文联副主席。

[注释]

① 本文选自《珊瑚》第21期(上海民智书局1933年版)。有删改。

② 医院：据《续丹徒县志》载：光绪十年(1884)，美国偌女士创女学，设崇实中学一所，崇真第一、第二初等学校两所于松树湾，又有美国贺女医士创办的妇幼医院。今其址为镇江市第二中学校园内。

③ 北固山的廊房斜斜的：镇江俚语，主要形容北固山甘露寺香火冷落、乏人管理的景况。又有歇后语“甘露寺的廊房——东倒西歪”。

美的冲动[1]

杨清磬

“噢噢”,汽车到了江边了。四面的空气环境,换了一种样子了。处处都带着鲜明的色彩,金山塔顶,远望着有一缕空紫色在那里流动。焦山、北固山及象山都伏在江面上,沉静而秀美,使人远望着总有说不出的愉快。老夏说:“你们不要都呆住不动啊!我们快上划子罢。”于是大家如梦初醒地踏进船舱去。五个人坐在舱里,还不住地望外瞧。这时都被景色征服了,没有一点儿声息。约莫过去十多分钟,老安的鼻管中,发出微细的声音来。我知道他戏瘾发作了,就顺手拿把胡琴,拉一个西皮原板“过门”,他竟唱起“草船借箭”来。老安本来是北京人,字音很有研究的,加之行腔得法,实在动听呢!这一曲唱了,又没有声息了。只见老谢、老夏把头轻轻地点动,似乎也有咿唔的样子。老郦对他们看看,又回过头来向我说道:“杨,这又怎么解说呢?”这位老郦是很欢喜多说话,又欢喜责难于人的。近来很高兴研究美学,常常来同我谈谈的。这种浅识的问题,他难道还要来问我吗?我知道他是一时高兴而问的。我也就老老实实回答他道:“这又什么不可解呢?老安因为感受了江山景色之美,又联想到船在江上行动,他就发出歌调来,唱的又是‘草船借箭’,这叫做‘借景生情’,总结一句‘就是受美的冲动感兴外露’啊!至于老夏、老谢的点头动脑、咿唔的情形,我不知道他们是吟诗还是唱曲,总由‘感应’而发生的。此外又有什么可以解说呢?”老郦听了我的话,对他们发问道:“你们二位究竟是唱曲呢,还是吟诗啊?”老夏微笑不答。老谢说:“你们都靠着作曲咧、歌曲咧、诗词咧,使用这种艺术上的工具,来发挥你们的情感。我是对于艺术上的修养,向来缺乏的。从前在学校里求学的时候,老实说,很轻视美育上各样功课的。但是到了现在,常常感觉到自己的人生太枯燥了。可怜啊!你们晓得我此刻既不是唱歌,又不是吟诗。不瞒你们说,我

明 · 董其昌《京口舟中》

因为没有什么可唱的，就想起我家门前，天天经过的一个卖酱菜的，喊着什么酱瓜、酱姜、酱笋干、酱萝卜。声音发出来，好像很有含蓄，所以学着唱唱，聊以自乐而已。”说着大家都笑得不亦乐乎！这个当儿，船上忽发巨大的声音。船家说：已到镇江码头了。繁浊的市街上，就有一派叫嚣的声浪，传到我耳膜里来，顿时觉得难受起来了。但是要到焦山，必须去乘渡轮，不得不鼓着勇气走哩！

渡轮乘不着，大家很失望。好容易由老夏去找他的令弟，雇到一只红船。（红船是镇江救生会专备着江面上救生用的，舱身极大，可容三四十人。）扯起风帆，不一刻就到了数年来可望而不可及的焦山了。上得山来，都是重楼叠阁的建筑。入门之初，老夏就对大众说：“我们今天为时间的关系，只好存一个‘走马看花’的念头，看看大体就罢，不必多留恋，如果你们还赞成到北固山去看刘皇叔东吴招亲的所在，此刻非要带紧一点不可！”此说一出，由多数赞成。我虽主张细览景物的，也没用，只好跟着跑罢。于是由老夏翻着一册《镇江游览指南》，什么堂、什么阁的实行其“走马看花”了。到了松寥阁上面，窗外的景色，实在好极了。但见对面的象山，全被阳光蒙住它本身上的绿草、石块、黄土，鲜明得格外可爱。山角上矗起一座高阁，站在那儿，有睥睨不可一世的情景。天空的轻蓝色，夹着一块块的黄云，很和谐地衬在山后。我瞧着这样雄壮而又秀丽的美色，怎么走得开呢！我的画兴实在关不住了，再不给我动动笔，恐怕周身的血管要爆裂了。乘他们几个主张走马看花地在那里评考壁上书画的时候，我就靠着窗动起笔来。那时候什么都不管了，我敢说当时的我，最纯洁的，魂灵与自然混合了。精神上的安慰和愉快，局外人哪里知道。这里面的神秘，就是我自己，也难以将所以然来告诉人啊！

[作者简介]

杨清磬，画家，上海美术专科学校教授。

[注释]

① 本文选自《随草绿天涯》中的《焦山一日》第二部分和第三部分，有改动。

刘铁云轶事[1]

刘大杰

我有一位四川朋友，他的年纪今年快七十了。年纪虽有了这么大，他的心还是年轻。因此他倒欢喜同青年人玩在一起。谈风月，谈电影，谈女人，他同我们年轻人一样谈得有劲。他虽是四川人，在外面奔波了几十年，中了举人，做过多年的官，教过书，最近才回至成都。我同他认识，是五年前在安徽大学教书的时候。他那时也寄居在安庆。他在文学上的表现，是词和曲，在学问上的研究，是金石学。他的嗜好真是不少，却不是饮酒打牌那一类的普通嗜好。他欢喜的，是刻图章，买印泥，收集古本书和古代的砖瓦。一个砚台，一条墨，一只磁瓶，到了他的手里，必得要费他一点多钟的工夫。摸来摸去，有时候用口呵着气，有时候用他的指甲敲着，尖着耳朵听声音。弄了半天，他说这是什么时代的什么地方的东西，可以值多少钱。所以我们在小古董店里找到一件东西想买的时候，必得找这一位老先生去鉴定一番。对于这件工作，他从不辞劳苦，总是高高兴兴地同你一路去。不管路程有多少远，不管这件事于他本身有没有好处。

我有四年多没有见他了。但我也常想起他。因为他的人生趣味，不容易使我忘记。这一次突然在成都遇面，“他乡遇故人”，真是充溢着欢喜之情了。

刘铁云像

成都并不是他的故乡，他的家在川南的一个小县里，因此他在成都的朋友也就很少。下了课没有事的时候，我们时常会面，一谈便是几点钟。他的脑袋，真好像一部辞典，不知道他为什么能够记得那么多的东西，无论古代的或是近代的。有一天晚上，我们不知怎的，忽然谈到《老残游记》这一本书，他忽然叹息地说：

“我这位朋友，实在是一个大有作为的，想不到他是那样结果的。”

我听了一惊，便抢着问他：

“老残同你是朋友吗？”

“老朋友哩！”

我听了真是高兴极了。刘铁云先生我一向就欢喜他，他的见解和文章我都欢喜。平时我在旧书店里跑来跑去，总想找着一点关于老残的作品，可是从没有发现过。这次听见他同老残是朋友，想从他的谈话里，知道一点老残的生平事迹。

“老先生！你这位朋友我很欢喜，请把你和他的关系，讲点给我听听。”

他高兴得很，饮了一口茶，便滔滔不绝地讲下去。

“我同他认识，是我中了举人，预备到北京去会试的时候。那时候我住在上海一个朋友的家里。没有事，便时常到旧书店里去看书。那时南京路的后面有一条街，叫做马路（不知是不是现在的北京路），有一个书店叫做慎记书庄，便是刘铁云开的。我是在慎记书庄里认识他的。因为我常常到他店里去看看，渐渐地熟识起来，便成了好朋友。

“他是一个圆脸，眉毛浓得不得了，两只眼睛很有力。就是耳朵太小。他自己懂得看相，说他的耳朵太小，晚年一定要遭祸的。他当时最欢喜收藏古板书和那些考古学的材料，他的钱大半耗费在这一方面。当时我有一位老师收集了不少的龟甲文的材料，由我从中介绍，全部卖给他，他那时对于研究龟甲文，正发生着浓厚的兴趣。他后来出了一本书，便是《铁云藏龟》。我同他在上海相熟的时候，慎记书庄已经是不能维持了。后来他把这书庄顶给旁人，只得到两百银子。以后他丢开书生意不做，便摇着串铃做医生。他由江苏到山东，一路走到北京，便在北京住下了。他在山东的生活，在《老残游记》里写得很清楚。

“我在北京同他住了三年。是从戊戌到庚子。他的房子在半壁街，是一栋有两个大院子的七重房子。这房子就在大刀王五的隔壁。大刀王五这人你恐怕不大清楚。在北京住过的人，都会知道他的。他是当时的一个大侠客，飞檐走壁，本事真是好得很。他并没有正式的职业，开一个镖房，专替人保镖。同时他很有一点武松、林冲们的气概，喜欢打抱不平。他的宗旨，是除暴安良。刘铁云的思想，实实在在是一个维新派。他提到满清的政治，就愤慨得很。对于当时维新派的六君子，他是满口称赞的。

“铁云住在北京的时候，我们几个人最相好。我们一见面，便同着到元兴堂去吃饭。元兴堂是一个回教馆子。因为大刀王五的女人是回教徒，所以我们总欢喜到这个教门馆子里去吃饮食。当时有许多外国人同刘铁云来往。我有时也问他同洋鬼子们干些什么。他说是替他们买古董。在他住的那一栋七重的大房子里，每间房子都摆满了佛像。高的有五尺，小的小到一寸两寸，有木的有铁的有铜的也有玉石的，有清代的，也有明代的或是明代以上的，大大小小他收集了五千多个。这些都是很值钱的东西，我当时曾替他那栋屋子题过一个名字，叫做万佛堂。可惜到义和团起事的时候，那栋房子和那些佛像，都被火烧光了。大刀王五也在那一次事变丧了身。大刀王五的死，刘铁云伤痛到了极点。

“铁云无论到什么地方，身畔总要带几部宋板书。有一部宋板的《南华经》，他最欢喜，是他的随身宝。这本书他读得最熟，他一生的人生观，也受了这部书很大的影响。他的书上都有他的图章，有时也加圈点，有时也加眉批，字体写得端端正正的，不知道那些好书，现在都流到什么地方去了。

“他很欢喜同寡妇讲交情。无论到什么地方，只要住到半年一载，他必得筹办一个秘密的小公馆。这小公馆必得是他的好朋友才可以出进。他在北京的小公馆，我去过好几次。他同普通人应酬，是在他自己住的那栋公开的房子里。这一点秘密，就是他的家庭，也无从知道。他高兴的时候，便向朋友宣传他的寡妇哲学。他还写过咏寡妇的诗，不过他一写下来，随即把稿子毁了。我到现在还记得两句：'雨后梨花最可怜，飘零心事倩谁传。'这两句诗当时朋友们都说他好，所以我到现在还记得。

“他也欢喜叫姑娘，可是他自己说他从没有同姑娘们睡过。他叫起姑娘来，一次总是十几个，莺莺燕燕，坐满一房，唱的唱，闹的闹，到后来每人赏些钱就走了。

“我是庚子年离开北京的。临走时我们约了在南边会，但是以后我就没有同他见过面。他从庚子年以后的生活，我也就不大清楚了……”

我这位老朋友说到这里，便停住了。他仰着头望着窗外的梧桐叶，好像是在思索什么的样子，我望着他头上那些全白的头发和胡须，不知怎的感到了一种轻微的伤感。

［作者简介］

刘大杰（1904—1977），文学史家，湖南岳阳人，著有《中国文学发展史》《中国文学批评史》等。

［注释］

① 本文选自《宇宙风》1936年第11期。刘铁云，即刘鹗（1857—1909），字铁云，别署洪都百炼生，丹徒（今江苏镇江）人。近代小说家、金石家，著有《老残游记》《铁云藏龟》。

金山忆旧

叶灵凤

金山在镇江，古名京口，以三座山著名，这就是北固山、焦山和金山。我的家曾在镇江住过，我自己也在镇江的一所教会中学里念过几年书，金山正是我的旧游之地。不要说是在舞台上，就是在纸面上每见到金山两字，也令我分外感到一种亲切。

以三山著名的镇江，焦山矗立大江的急流中，北固远在郊外，只有金山最接近市区，交通也方便，因此，平时逛金山的人最多。它本来也是在江中心的，由于长江改道，日向北移，因此沧海变成桑田，本来接近长江南岸的金山，由于沙洲高涨，久已完全成为陆地上的一座小山了。

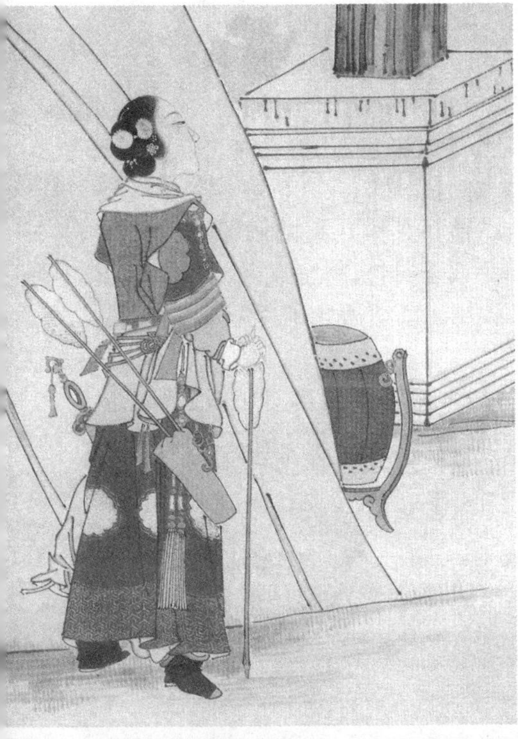

梁红玉像

金山的形象很美，整座金山寺与山结为一体，山门在临河的山脚下，寺里的殿宇房舍随山势盘旋而上，以一座宝塔和一座小亭构成了它的顶点，无论近看远看都十分相宜。金山是宜入画的，我当年住在镇江的时候，课余总是背了画架，到金山脚下来写生。

从市区到金山，要经过一个叫做“昭关”的地点。在古老的石筑关门上，刻有“昭关”两字，关上筑有一座喇嘛教的白塔，像北京北海公园所见到的那样。在闹市之中忽有这样的点缀，看来有点不伦不类。这古迹的由来不知怎样，但我们年轻时候从这里经过，总说是“伍子胥过昭关”。

在梁红玉擂鼓战金兵的时代，金山一定是还在江中心的，否则韩世忠也不会与金兵在这里大战了。白娘娘水漫金山也是如此，否则也不会招来虾兵蟹将，要将金山浸到水底。我不知金山附近是否有关于梁红玉的遗迹，但是法海禅师的遗迹倒是有的，在金山半山处有一座山洞，称为法海洞，据说洞里所供的还是法海的肉身像。

狮子头和镇江肴肉

前些时候曾在这里谈起过国内运来的速冻熟食新品种：烟鲳鱼与五香猪排。简直像昙花一现一样，买了一次，第二次想去再买，作本地人所说的“食过番寻味”之举，不料早已被知味者抢购一空，各家都卖至断市。据说至快要下月才可以有新货来。

同期运来的“狮子头”和“镇江肴肉”则还有现货供应。

“狮子头”是扬镇名菜，即广东人所说的猪肉饼。国产速冻的“狮子头”，是已经用油炸过半熟的，每盒四个，以本港大华国货公司的售价来说，每盒售一元四毫，这几天大减价，还有一个九折。三毫多钱就可以买一枚有新会橙那么大的猪肉饼，实在价廉物美。

这种“狮子头”的调味，完全是扬州菜镇江菜的调味，肉也选得极精，买回来自己加工，加一些白菜或是腐竹，将它煮得透透的，又松又软，那滋味可以向这里任何一家外江菜馆所售的“狮子头”挑战。至于价钱相差之远，那更不用说了。

当然，真正的扬州“狮子头”，每一个都要做得有小饭碗那么大的。可是作为货品，每一个都做得那么大，未免不合销路。将它改小了，这是合理的。

至于同期运来的“镇江肴肉”，我在未买之前，本来寄以最大希望的，买回来一看，不待送到嘴里去尝，就已经令我感到失望。我不知这一批货物当初定货的过程是怎样，我怀疑若不是我买错了，那一定是货物来错了。因为这根本不是“镇江肴肉”。

这是普通的五香猪肉,或是未加红曲酱汁的白汁猪肉,决不是“镇江肴肉”。

首先镇江肴肉一定是用猪腿肉制的,从不用第二种肉。现在所售的镇江肴肉,却是五花肉,即广东人所说的腩肉,这就根本不是那么一回事。这就好比制火腿不用猪腿一样。试想,如果不是用“腿”制的,怎样可以称为“火腿”呢?

在镇江人口中,肴肉就称为“肴”,没有这个“肉”字的。在茶楼酒馆的招牌上,则称“京江蹄肴”。请注意这个“蹄”字,已经说明“肴”必然是用猪腿肉制成的。

再有,镇江的“肴”,是要先经过腌制过程的,腌的时候还要用“硝”,这是一项重要手续,而且是“秘密”所在。经过用“硝”腌制的猪腿肉,煮熟成了“肴”,肉质紧凑,近于“曝腌咸肉”,而且有一种特殊的香气,决不是那么一块用五香煮的白汁五花肉。

谈镇江的肴

镇江著名的“肴”,近年也有外销的,甚至有制成罐头的。这种用猪腿肉腌渍成的食品,一般人称为“肴肉”,但在镇江本地人口中,则简单地只称为“肴”。

外地人也许不大相信,镇江著名的“肴”,在当地并非当作菜肴,而是当作点心,当作小吃来卖的。因此,卖“肴”的地方,并不是酒楼饭店,而是喝茶吃点心的茶楼。

当然,酒楼也会有肴供应,作为冷盘之一,但是最好的肴,只有在茶楼面馆里才可以吃得到,在酒楼里是吃不到的,并且只有上午有。过了中午,多数大茶馆都收市,以便堂倌休息,应付第二天黎明就要开市的早市。

年轻时候在镇江念书,家里就住在有名的大茶楼“朝阳楼”附近。放假回家的时候,早上有机会上朝阳楼去吃茶,实在是一件大乐事。所谓“吃茶”,不只是吃点心,主要的就是吃“肴”吃面。最有名的面是白汤的,浇头是鸡火。

点心包括汤包、菜包、烧卖和大肉包,烧饼有蟹壳黄和酥油烧饼,此外,还有千层油糕。但是最精彩的节目是来一碗白汤的鸡火面,再来几块“肴”。

“肴”是论件吃的,吃一件算一件。老茶客要“肴”的时候,总要向堂倌叮嘱一句:“多来几件眼镜儿!”这是腿肉的肉眼部分,即广东人所说的“老鼠肉”,切成件后恰好是两个圆圈,看来像是眼镜,因此称为“眼镜儿”,这是蹄肴中之最上品,一碟之中只有一两件。

“肴”是冷吃的,而且不是咄嗟立就的,但是吃“肴”又贵新鲜,因此,茶馆总是在隔晚或是夜里将“肴”煮好,留在第二天早上应市,货品准备是有限度的,往往早市一过,肴就已经卖完,要明日请早了。

据老于此道的人见告,“肴”的原料所用的猪腿,前腿比后腿更好,经过用硝腌制的手续,煮熟就成了美味的“肴”。

“肴”是连皮吃的,因此猪肉要细嫩,据说从前镇江每天有人到四乡去收购猪腿,送交市中的茶楼供作制“肴”的原料。甚至还有人到瓜州扬州去搜购。可见“肴”的每天销场之大。可惜我从不曾认真地向善于制“肴”的老师傅请教过,为什么镇江当地所卖的“肴”,吃起来会那么又香又嫩。

镇江的“肴”,吃时是要用镇江特产的黑色滴醋,伴以姜丝,蘸着来吃,滋味就显得格外鲜美。

肴肉白汤面

我时常说起,以蹄肴著名的镇江,当地茶楼所卖的白汤面也极有名,可惜在外地不易吃得到。最近才知道,新近在羊城开设的江苏餐厅,他们不仅有“肴”卖,更有白汤面卖。早市供应的肴肉白汤面,每碗五毛。五毛本是一客普通客饭的价钱。一碗面也是五毛,可知那质量一定是很不错的。

江苏餐厅也是开设在广大路的地方小吃店之一,但是规模较大,有三开间门面,因此供应的品种就包括了小吃、面点,以至菜肴。省境内的几种著名点心和菜肴,他们都常备供应,从红烧划水,腌笃鲜,以至狮子头，还有扬镇点心，无不应有尽有。他们的木牌上也有“百叶翅筋”名目，问了一下，却说目前暂不供应。

在点心部分，有葱油烧饼，蟹壳黄，生煎馒头，小笼汤包，以及千层油糕。后者是扬州著名的细点。名曰“千层”，乃是形容这糕的层次之多，一层糕夹一层糖和猪油，至少有一二十层。外地茶楼也有千层油糕，往往徒存其名而已。

江苏餐厅供应的镇江肴肉，每斤两元。斤量足，两元有一大包，切开来可以装满一大碟。除了肴身略嫌不够紧凑之外，色香味都够得上标准，是道地的镇江肴肉。我曾说过这里所售来自上海的冷藏肴肉，制作外行，不合标准，他们若能向江苏餐厅的大师傅请教一下，向他们“取经”，就可以明白制肴肉的秘诀了。

我遇见了一位这家餐厅的白帽大师傅。问了一下，却不是扬镇人，而是丹阳人。我向他提意见，指出肴身还不够紧凑。他说他们也注意到这缺点。可是由于天气关系，过冻则失去鲜味，不够冻又不能使肴汁凝结。同时，广东所产的硝，性能不及长江北岸的好，往往分量加重而效果仍不好，“硝”是腌制肴肉的主要作料，他说将来从镇江运硝来用，成绩当可以较理想了。

一硝之微，不苟若此，这不是“拣饮择食”，而是一股干劲。不然，又何必提倡这种地方小吃呢？

地方小吃，恰如地方剧种。这几天广州正在举行中南五省戏剧汇演。湖南演员到广州来参加汇演，有机会吃到了广东云吞面和糯米糍荔枝，广州市民则有机会在舞台上看到了道地的湖南花鼓戏，都是充满了地方色彩的享受。

镇江的鲥鱼

近日报上已有鲥鱼上市的广告。江南鲥鱼，首推产于镇江江面者，近读番禺屈氏的《粤东诗话》，也盛称焦山鲥鱼之美。

> 丙子初夏客金陵，同社欲择地为鲥鱼之会，予曰，渔洋诗云：鲥鱼出水浪花圆，北固楼头四月天。何等雅致，何不雅集焦山枕

山阁乎，众称妙。时渔者放舟象焦两山间，得数尾，即烹而食之，鲜腴冠平生所尝。群贤称快。此一事也，翁山诗称鲥鱼以甘竹滩所产樱桃颊者为最佳，此又一事也。学海堂诗课，尝以鲥鱼命题，刘彤卷颔联，传诵一时，吾粤人视之，以为"白日风尘驰驿骑，炎天冰雪护江船"一联，不能专美矣，此又一事也。言鲥鱼故实者，或亦乐道之。

所谓刘彤鲥鱼诗最受人传诵的一联，据同书所载，为"新滩甘竹水，凉雨苦瓜时"。甘竹滩在顺德，即屈翁山在《广东新语》中所称产樱桃颊鲥鱼的地点。鲥鱼在广东又名三鯆。广东食谱以苦瓜煮三鯆为一名馔，所以刘诗有"凉雨苦瓜时"之句。至于"炎天冰雪护江船"，则是在满清时代，长江鲥鱼初上市时，列为贡品，由地方官将渔船最初网得的鲥鱼呈封疆大吏，再由大吏以快马驰驿入贡京师，由皇帝荐诸太庙，然后臣下和老百姓才敢随便购食。鲥鱼贵新鲜，在初夏天气要用藏在地窖里的天然冰块来覆盖，所以有"炎天冰雪护江船"之句。

鲥　鱼

我不大喜食鲥鱼，因此诗人所艳称的镇江江中鲥鱼滋味之美，虽然尝过，却不大能道出究竟。年轻时家居镇江，在一家教会所办的中学念书，大哥则在镇江海关任职，同沿江一带的艇户渔家非常熟识，鲥鱼初上市时，往往能优先受到他们的馈赠，用竹篮盛了，上下护以柳叶。最好的吃法是用猪肉油裹了来清蒸，加上几片上好的火腿，滋味据说非常腴嫩，尤其是鱼鳞下面所含的脂肪。可是我不喜肥腻，吃鱼只喜欢吃桂鱼一类少刺的鱼，又只喜欢吃鱼背，因此，虽然住过长江出产鲥鱼最好的地点，也吃过最新鲜的鲥鱼，却辜负了它，不能完全欣赏它的美味。

镇江酱菜

镇江的酱菜，一向是有名的。种类有酱黄瓜，酱生姜，萝卜头，什锦酱菜，都是当地传统著名的特产。

最近有一批这样的酱菜运到这里来发售。除了没有酱生姜之外，其余三种都有。都是用玻璃瓶装的，铁盖。美中不足的是，铁盖撬开后，就不能再用，一只质地非常好的玻璃瓶，就变成没有盖的了。以前曾来过一批，是用有螺旋的铁盖的，不知现在为什么又改了装。

但这总比早几年用玻璃杯的铁盖装设计好得多了。以前那一只盛酱菜的玻璃杯，用意原来很好，吃完了酱菜还可以有一只玻璃杯可用，可惜那铁盖盖得非常紧，很难撬得开，往往要撬破了玻璃杯的边缘，深以为可惜。

那时的酱菜除了杯装的之外，还有罐头的。只是浸在酱汁里的酱菜，实在不宜制成罐头，容易有铁腥味。从前镇江三和的萝卜头罐头就是此弊。现在一律改用玻璃瓶装，该是最理想的了。若是能用普通的螺旋瓶盖，使得这一只玻璃瓶将来还可以有用途，那就更理想了。

这次运来的镇江酱菜，却是镇江恒顺酱醋厂的出品，用了金山寺做商标。镇江的滴珠黑醋也是有名的。吃镇江肴肉，吃上海大闸蟹，若是没有镇江醋，吃起来就要大为减色了。

我记得从前的镇江酱菜，是咸得很的，咸得有一点过分。现在的新产品，没有那么咸了，但也有了新的缺点，那就是乳黄瓜的糖分太重，吃起来觉得太甜了。

三种酱菜之中，滋味最好的是萝卜头，这也是镇江出产的酱菜之中最有特色的一种。是用杨花萝卜作原料的。贵小不贵大，腌制成酱菜后，外皮微红，吃起来特别爽脆。

这类酱菜，是适宜送粥，或是送茶淘饭的。这些都是滋味清淡的具有民族风格的家庭小菜。吃惯了牛油面包或是牛奶咖啡作早餐的人，若是能找机会吃一顿白粥作早餐，佐以油条和几样小碟的酱菜，体验一下我们祖先千百年来的朴素生活方式，也可以滤清一下整天在这里所吸收的那些乌烟瘴气。

早一向，这里还有北京酱菜可买，可惜现在已经缺货了。现在可以买到的只有天津虾油小黄瓜，是东北锦州的出品。

［作者简介］

叶灵凤（1905—1975），原名叶韫璞，南京市人，早年就读于镇江润州中学、上海美专，后加入创造社，为“左联”成员，1939 年定居香港。小说家、散文家，有《灵凤小说集》《灵凤小品集》《书话》。

［注释］

① 本文选自《叶灵凤随笔合集》（文汇出版社 1999 年版）。

闲话镇江[①]

谭惟翰

我虽不是镇江人，可是时常到镇江去。去年冬天到今年春天，数月之间我就去过三次，而每次在那儿所居留的时间是相当久远的。

因为我有亲戚在镇江经商，他们常写信来邀我去玩。我去了，便在那开设已有百年的老店里住下，终日玩的机会很多，渐渐的，我对镇江人也就有了一些了解。

杂志社这次约几位朋友游镇江，我本可以不去，在电话里被江枫兄的两句话说服了，结果拿了皮箱与他们同行。

我们乘了下午四点钟一班的特快车，晚上八点到了镇江。车中四个半钟头过得颇为寂寞，人总算还不怎么挤，我和班公、实斋坐在一起，大家认为苏青这次没有同去是一大憾事，否则我们在车上是可以多听到几个哈哈的。

车过山下黑洞，再停下来的时候，镇江到了。

承张修明先生款待，在他公馆里我们进了晚餐。大概是因为鲫鱼烧得太好了，我的酒也喝得特别多。

饭后，我们到大东旅馆。先把旅行箱放到预定的各人的睡房里，然后往大东歌场（设在旅馆楼下）去听唱歌。——这玩意儿镇江从前是没有的，如今它也学时髦了。

我们刚刚坐定，只见一位长得很丰满的女士随着西乐在麦克风面前唱："……鸟儿为什么唱？"我觉得此人好面熟，仔细一看，原来是拍电影的杨柳女士。她老远的跑到镇江来客串表演，真是好胃口！

接着，我们瞧见了小神童的滑稽平剧。一出是《定军山》，小神童饰黄忠。在那么大热的天气之下，这十二三岁的孩子穿着长靠，插着旗帜，汗流满面的。我们除了怜恤之外，再也没有欣赏的兴致了。另一出《金玉奴》，小神童饰丐头，几段说白和动作完全模仿"石派"，这时大家不觉好笑起来了。

戏散,已有十二点多钟。回到睡房里,已感到十分疲倦。和我同房的是从北平来的一位漫画家季湉先生,认识了这位朋友,我很高兴。他年轻、和善,富于谈吐,他说了许多道地的北平话,听来颇为有趣。我睡了,朦胧中还瞧见他一手拿着一本画册,一手拿着一枝铅笔,倒在另一张床上在作画。我说:“你还不睡吗?”他答道:“让我把刚才所见的温习一下。”

第二天清晨我和季湉先生都起来了。我陪他和洛用兄上公园溜达了一会。——这是镇江有名的伯先公园,一进门便可以看见赵伯先先生的铜像立在高处,他穿军服,手持望远镜,眼对着镜圈在朝远方望。本来他的腰上还佩着一把真指挥刀的,现在不知给谁拿走了。公园的山上有茶室,从前稀少,草木似欠修整。池里的水也将近涸竭,整个的看来,它似乎像当地的一般居民一样,是急待滋养的。

我们回到旅馆里,有几位才起身。充分的睡眠的确需要,尤其是对于两位带着太太旅行的人。我们七八个人站在大东的门口等候,一会儿有人说:“脸快洗好了!”一会儿有人说:“还在化装呢!”可是隔了一会儿又有人说:“你们先走吧,她们随后就来。”

于是我们就先走一步了。目的地是“宴春”。

“宴春”是镇江最大的馆子,早市的生意格外的好。原来镇江人有一种“吃早茶”的习惯,像苏州人坐吴苑一样。不过有个最大的分别:苏州人吃的甜点居多,镇江人吃的却全是咸食。肴肉、蹄子、煮干丝、汤包等都是少不了的。还有酒性好的人,一大清早便自己揣着酒瓶来,用两块肴肉下酒。肴肉之好坏大有考究。堂倌是看人派货的。老食客一到,不用说,他们就会把预先藏在一边的顶好的肉送上,如果是外帮人,你定会拿钱受气。因此为肉争吵,是毫不稀奇。

镇江人多俭朴,不大肯糟蹋东西。就拿吃来说,馆子里的面有“大中小”碗三种之分,你可以依量定食。你对堂倌单说来一碗面是不够的,必须附带说明是大碗、中碗或是小碗。如果你们是两人去吃,觉得叫两小碗太少,两中碗又太多,堂倌立刻会跟你作主喊一大碗，而由他代为分装两碗。没有人认为这样做不合理，更没有人以为这是“小派”的。

坐汽船上甘露寺，我还是第一次。往日总是坐人力车，脚踏车或骑驴子去的。甘露寺据说是刘备招亲的所在，走进那残缺的大门，在殿中巡视了好一会。我设想刘备当初坐在那个角落，乔国老又坐那个角落，不自觉地哼出“劝千岁……”的词儿来。甘露寺外，有曲折的廊道与“跑马坡”。我和班公猜度孙权的将士伏藏在那儿……嗣后在“祭江亭”边坐了不少时间，望着漫长的江水，远处的象山、焦山，对眼前的古迹，大家不免要感慨一番。我向班公说：“我们踩着的石头就是古人踩过的石头。”班公微笑道：“石头假使会说话呢……”

石头是沉默的，我们也变为沉默了。

假若是坐小船往焦山的话，将到的时候，是会碰到水里的漩涡的，这是一个很紧张的场面。舟子在这当儿更显得吃力，乘客却也不免有些儿慌张。这次我们是由汽船载去的，所以并未受意外的惊忧。焦山在江中，四面是水，我们沿着山路直爬到最高峰，在一座小庵里休息了一会。和尚取“西太后的画像”及“光绪的龙袍”给我们看。莫名其妙地解释了一阵子，大家姑妄听之。

几年前的焦山是比较现在的更可以看看的。我记忆中的它，是整洁、严肃，而且孤高，不知怎样，它此刻几乎完全失去了它的光采与精华，有不少的舍宇都只剩着残垣断壁了。门给碎砖塞着，再也无法一瞧它原来的面目。

大殿上的三尊如来佛像幸而安然无恙，虽说香火不似从前那般的兴旺。

在这里，我碰见了丁谛，他是老镇江，这一回是特地陪我们来玩的。趁实斋、亢德诸公往观音大士面前跪拜求签的时候，我就和丁谛坐在拜垫上畅谈上海文化界的近况，同时我又想起了他曾在《人间世》发表过的一篇大作《焦山望月》是描写焦山夜景最富有诗境的文章。里面有一节说：

> 焦山的月亮是有名的。因为它的位置在大江中心,正和小孤山同一形势。沿山的正面有许多精舍,为文殊阁、碧山庵、松寥阁、海若庵等等。除了朝北的一排精舍因为给山阻隔了以外,邻江的一面随处可以见到江水。廊曲折处,江水也跟着曲折起来。任栏而立,江水即在脚下。秋潮奔腾,顿成漩涡,愤怒地打击着几千年来未曾腐烂的石头,澎湃作响。月亮升起时,姗姗由江上飘起,就像一位洛神蒙着胭脂般的轻纱。晚霞红晕得同美人的两颊一样;霞彩照入江中,江水便织起红色和白色的图案来了……

对于无福居焦山望明月的人,读读这篇散文也是好的。我特地提起它,因为这不是人人所能写得出的文章,就依作者本人来讲,像这样的文章在他的一生中也实难多得。意境和灵感是很微妙的东西,我们谁都无法去强求它。怪不得提起这篇文章,丁谛也大为得意咧。

话不要说远了。……不多一刻儿工夫又到吃午饭的时候。焦山的素菜也是著名的,每样都烧得非常可口。一盆用面粉和山芋之类做的醋溜黄鱼实在像极了,真令人佩服厨师的聪明。可是,很别致的,在素菜之中另添了一盆鲥鱼,这是就近捉来的,故烹来味道更加鲜美。把鲥鱼蘸上镇江的名醋来吃,正与蟹的滋味相似。

居惯了城市的人,刚到镇江是看不大顺眼的。镇江是一个古朴、衰老、保守的长者,一切突来的应时的转变,它似乎也承受不起。走过那狭窄的小巷(有一辆小车来,你得避让到别人的家里去),望着那些陈旧的手工业的制造者,或者看见头顶包着花布的妇女坐在如她们一样瘦弱的驴背上吆喝着,在崎岖的石道上抖抖而来,或者见十五六岁的阿哥拉着洋车而十一二岁的阿弟在车后气喘喘帮着推的那副神情,或者过年过节见老太太们插着红花,穿着有宽边圆领大袖的服装,还有中年人背着送子的麒麟,敲着锣鼓沿户唱喊,儿童们有些蓄着长辫的光着屁股在茅屋里张望……这一切都会使你觉得被抓回到前一个世纪里,你有说不出的怅惘与凄伤。

然而镇江人是能刻苦的。无论男女,在物质上都不大有好的享受，可是相反的，他们都觉得满足，甚至于在故乡居惯了的人，情愿过他们守旧的生活，不肯在都市里沾染过分的繁华。就是乡村妇女出外帮工的，大半都是在趁农田里比较空闲的时候，她们连这一点休闲时间都觉得是奢侈，于是她们又出来使用她们的劳力了。上海人称娘姨和大姐，镇江人对于出了嫁的女佣人一律喊"高妈"，没出嫁的统称"莲子"。他们所得的都是最低的代价，仿佛她们不在乎这些，秋天出来，挨过了年，她们又要回乡忙她们的农事去了。

镇江人对于邻居相当和睦，大概是由于世代久居的关系吧。一条街上，那一家有几口人，某人做什么事，养了几个孩子，孩子有几岁……决不难打听出来。今天你在我家里坐坐，明天我在你家里坐坐，这是很平常的事。你来了，可以像走到你自己家里一样，也没有谁把你当客人，但是你也不会怪主人失礼。你自己倒一杯茶，自己喝，自己搬一张椅子，自己坐……甚且，假若需要的话，你可以拎一个铅桶到人家后院里去提一桶井水，也不必说什么。再没事做，觉得自己家里不方便，跑到别人家里去蹲茅坑也未尝不可。你进去也许主人正在打中觉，没知道。等你出来，他看见了。问："咦，你什么时候来的？""我来了一会儿。""怎么我没听见你说话？""我在后面蹲坑啊。"主人也不觉得诧异，客人办完公走了，也不道谢一声——这本来没有什么可以道谢的。想起上海人居在同一个屋子里，甚至还有连姓氏都说不上来的，便越发觉了镇江人的朴实可爱了。

[作者简介]

谭惟翰（1913—1994），安徽太平人。笔名沙骆。1938 年毕业于上海光华大学教育系。曾任新中国艺术学院教授。历任华东师范大学中文系教授、全国语文教学法研究会第一届常务理事。擅长文学创作。有《乌夜啼》等。

[注释]

① 本文选自《镇扬二日游特辑》（上海图书馆藏），有改动。

江　城[1]

丁　谛

是春末夏初的天气。

我们作一个面向江南的行旅。小车咿咿哑哑声，把我们催入愉快而又有点模糊感觉的半睡状态中。远远丛林的顶上，笼罩着一条濛濛的青灰颜色，说明我们愈走愈和别离一年多的长江接近了。

这种别后重逢的情绪，是悲，是喜呢？

一路来饱受风霜，乱世道途所有的经历，虽说未曾备尝，但我们仿佛能想象到暮色苍茫里，急风卷起尘沙的昏黯与迷乱，失去一切方位，安详，和定力。濛濛的山岚背面，不成形的隐约的远山轮廓，罩上一层灰黯的颜色，破落，颓废，臃肿，蹒跚，像一个踽踽老人，在黄昏落雨的街上因疲倦而停步时的臃肿，大而无当的棉袄，挂满雨水，潮湿。他是那样疲惫地倚在一个人家的板墙上……

诉说着他人命运呢——是愤怒，乞怜，还是歧路之徘徊？

隔离着远远的潜藏的印象，我在一幅灰暗的图画上领略了。

当我们坐在船上的时候，江上的山渐露出它们的面目。阴霾天气特有，显露出一片破晓时天边的鱼肚色的白云，像病人脸的苍白。忽然有一朵阳光顽皮地从云底层钻出来了，云让开一片，薄一点，轻一点，更为明亮一点——这便是阴霾天奋斗可爱的阳光了。

……我们欢迎它——它把昙云罩着山形托现于我们眼前。那都是我们过去爱好的，曾经游玩过若干次的山呢。

风卷成急湍。江上，漾开许多奇形的水花，撞击着裂帛的愤怒的声浪。船，高低起伏，像顽皮的学生剧急地摇动他们的木马。风吹着两岸上翠绿的芦苇，和一些荒瘠的赭色土地，向脑袋后面狂卷，而船，便像酗酒的汉子，直直地向对岸的山影相冲相撞过去。一切都是狂乱，不假思索和唐突的。

明·王玖《焦山图》

伴着急湍驰突，奔腾，和就束于魔力铁锁下莽撞地挣扎着作出巨大的澎湃声音的，是船上旅人的愤怒。震撼着脉搏的呼吸。

圆圆的弧形的山，侧面给我们看见了。那是焦山。山岚掩盖着这静寂的秋天特别显得有诗趣的山。不知道它是残败成怎样了。我说不出的挂念。

船里有一个老者，他是一船中唯一知道名胜遭劫的故事的人。他也看见焦山了。他给我们回答许多问题。给那些和名胜发生过关系或是关心名胜的人。

“山上损失得不大吧。”

“怎么不大！规模最大，全山庙宇中建筑最闳丽的华严阁，毁了一大半。再说，和尚也死了些。古物留下未走的，全损失干净。你说损失还小吗?”

“山南山北的精舍——水晶庵、碧峰庵、一些庵呢?”

“听说有的毁了点，有的却还保存。”

老者说了许多。没有比焦山更使我关心的了。我有甜蜜的记忆粘在这残败的画幅上。

暖暖的江水传来春天的消息：告诉江城的人——这是繁枝密叶荡

漾着生命的欢喜的时候了。

五年前。春天不知不觉的溜来了。刚是我结婚后，有一次焦山之游。我们一家人坐在一个开敞的楼轩当中，摆满一桌子清香的蔬菜，伴和着愉快的笑语和喧嚣，我们给眼前一个特殊的境界迷惑着。山光照槛，江波绕廊，一片大自在映成无比的澄澈、和平、静穆和光辉，物我两忘，悠然若失。看阳光是多么的仁慈，贴切和扫除世间的寒冷啊！黄澄澄，甜蜜蜜，多么温暖，多么伟大。它把这一间窗明几净的房间照遍到每个角落，带来了多少的春意啊！口角眉梢，都是浓浓的一片花香；我们觉得仿佛能嗅出山谷中草莓和丛绿的味道，五月的草原春意初动时荡漾着微风的黄昏。眉毛，染上山峰的岚翠……这自然是一个幻想呵！但，我们却分明看见对江的山纷纷用苍绿扑向我们眉头。

天气和游玩分明是两条不同的鞭子，打在人身上使得人疲倦。

离开碧山庵，傍晚的天色罩着这光线不充足的屋子，衬出一片苍茫的晚色：更苍茫。

在定慧寺前，留着一条仅有的阳光，是仅有也是最后的阳光了。

忽然从大殿那里响起做晚课的和尚一片宏壮的唪经声。钟抑扬而沉着地，掠过舣舟的岸边，岸上几棵合抱的大树，掠过岸上的游人，柔弱的阳光，掠过晚霞投彩的江上。江波，漩涡很深——漩，漩，漩了几个滴圆的涡形。落照像是挨了钟声一鞭，挫了挫后，伴着钟声的尾音，便像游离的蜘丝游离到远远的碧落虚空中。不知归结到哪儿去了。

一种突然消逝的感念，跟着钟声合成柔弱和渺茫。

暮色中带走一家人。把幻想中的带向现实的里面去了。那现实是狭小的鸟笼，人与人间的墙壁，欺骗，虚伪，人间诡怪的丑态……

在短短的几个月中，人埋在城市的灰尘里。我从学校里毕业了。我眼前展开的，是一切可恨可怕可悲可笑的世态，是无比的丑态。然而我不得不投身于丑恶。当社会还未踏进学校已经脱离时，有几天悠闲的光阴让我享受这恬静的秋月。在这有秋趣的山中。

坐在华严阁的白石阑干旁，我们看月亮。对江笼罩着漠漠轻寒。山影，江影，都显得一片黑。只有远远的城市疏灯，像一颗颗小星铺在黑色天幕上。江潮涨高许多，比白天涨高有几尺了。

打击着山下石头，这漩得更急流得更快的江潮展开一片宽阔的对岸。月亮像一束瀑布，泻下无比的清辉，在黑色江上；黑的江便嵌上一条银白的带子。这带子并不呆板，它时刻在抖动，缓慢的，激烈的……跟着波浪的澎湃，伴和着急骤的高低和起伏，散开而又聚合，这银白的光辉……一阵哗啦啦，又一阵阵啦啦……光在抖，光在抖……

阑干滑而腻，是轻寒的中元。我们坐在阁上的藤椅里，不讲一句话，享受沉默。在初夜山中一切都沉默了。静悄的微寒。轻烟在空中飞。空气凝冻，像花蕾含苞未放，封锁着未来休咎和秘密和馥郁的芳香的凝结。和尚的焰口唪经声，在空气中用嘶哑的剪刀勒破寒烟。那算是沉静中的嘈响了。

那时焦公祠的灯火呢……柔弱的灯光，印在江面上。江面的荷花灯在眨眼……油纸卷无力地挣扎着。一浮，一沉。

给一庙祝领导，我曲折地走过许多精舍，庙宇的栏楯，佛像，石壁，石龛，方丈，佛前的长明灯……马灯摇摆地在黑暗里划开一条暗暗的光。

……光跟着人在蹒跚，我感到莫名的细微的颤栗。

隔绝城市的喧嚣，这法器声音，江上的烟云竹树，裂石的晚潮，早晚的唪经声……简直像一座清净庄严的墙壁，包围着我，不漏一点俗，一点烦恼。我生活在一个美的恬静的理想世界之中。

疾怒的江流将一艘小而轻快的船送得远远的，离开焦山，这给记忆深深苦恋着的焦山。寒落的向秋云般过去探寻着它的神秘和底蕴的线索，给风吹得散乱，而且吹得很远了。

谁能想象呢？用它的记忆中的景物找寻这破碎的对证。一切已经破坏了。改变原有的形态。它不是旧有的了。你能用旧日的尺寸衡量今日的衣裳吗？……这傍着浩渺的长江。这江城！一条雄阔无尽的江沉重地躺在那儿，恰适可地围绕着作成一座屏风的江流，矗立着残败骸骨的建筑，银行，轮船局，码头，浮桥，旅馆和堆栈……零落颓废地躺在濛濛的低空，像一堆垃圾，潮湿，狼藉，肮脏，没有人顾问和料理……

踏上岸，空气的味道特别刺人；你可以假借一个奇妙的幻想闻到“海岛”国家特有的腥气。城中的人样子变得更可怜了，他们柔顺，驯服而愚昧。一次巨大的流血的恐怖仿佛很快的便从屠手刀上拭去殷红的血迹，城中的人是健忘的，一切繁荣和热闹，但们又照旧铺排下去了。他们须要复兴，须要复兴这江城。

有一天我站在公园山顶上，正是傍晚时分。一条江的影子由宝塔的山前蜿蜒迷糊而又倔强地迤到远远的西方。它的颜色不很鲜明，一则天色渐暝，一则江边的树林也很多很密，混和着枝叶的绿色，空气，山岚，和江上反射出强烈的光芒，也混和着傍晚特有的风，薄暮炊烟……江的颜色便显得和平时改变了……阴郁的，渺茫的，像和对江沙渚间衰老的城堞混合成一片颜色。

不知道怎么的我竟构起一幅幻念：一个小小的阁子上供着龙神牌位的龙神祠。对面是一带回廊，平沙远渚。在萋萋的草地上，牛羊放牧，而回廊的对面，黝黑破敝的阁子上便是这吸引人到一段黄昏境界的龙神之所居了。这城中的人是托庇于长江而生存的，维持生活，开拓文化，无疑都是长江的孕育。像埃及人爱尼罗河一样，他们爱可爱的长江，尊敬龙神。这里有便利的交通，良好的天时，肥沃的土泥和丰饶的灌溉。人事的艰苦确可以节省许多了。没有盘纡如云的栈道，照映着天空一片愁黄的沙漠，断绝人烟的荒凉，或是用斧斫锄头向硗瘠的田地多日辛苦而结果遭逢到的失望，没有梯田，整齐的瓦屋，很清洁栉比的排列着，不像“蒙古包”，也不像陕西矮陋土屋。没有多风沙，没有窒人的低气压的阴霾。一切的享受，天赋与得是这么偏厚而又值得矜夸的。一条江做成城池的灵魂陪伴着它，保护着，扶持着，孕望着，几千年证明了它变迁的经过，看着这小城的兴衰，部落的，村镇的，城市的，都会的，人口的聚散浮沉，他们的遭遇悲哀欢喜，太平，离乱……在几个江中心的山岩之上，江声整日整夜地诉说着歌唱着这人生。像一支大动脉盘踞一样，这条江构成城池中一切活动的中心。毫不厌倦地向东流去，每日如此流着，叫出雄壮的高亢的声音，激动巨大撼人的膂力，居民偶一懒惰，激昂愤怒的歌声便做了唤醒黎明的雄鸡，唤起他们的兴奋，而石头被江流鞭打，又往往发出哗啦啦的剧响，表示这江的勇武，多力，使城里的居民听着不知不觉间会挺一挺他们屈曲的腰板。

支持了无比的压力，长江构成一个城池的骨干，撑着这从古代传留下的一天比一天更重的事业。不但支持了它们，它更像一支铁藜，疏通了沉淀的智慧的沟渠。给他剔去愚昧，给他们孕育这文明的曙光。

整个一座城池，静悄悄地躺在大江的摇篮里……几千年也许几万年，它早已形成大自然孕育的婴儿了。

感谢孕育的恩惠，这龙神祠的苍茫啊！

……盘绕在一个烈士祠堂粗壮的红柱上黄而带病色的斜阳，不知什么时候，突然跌下地来，而且滚进草堆了。排得密密层层的灰色檐瓦盖成的住屋，夹杂着树木，烟岚和旷野，像拼成小小积木的方块。像浮在海里，烟雾弥漫的海市蜃楼中一方方的贝壳……

住在邻江的人是欢喜江的浩渺的风景的。不仅是江，他们更有山的爱好。江是奔放的，教人民以智慧，山是沉着的，教人民以敦实。不仅有江底平旷，更有山底嵯峨，这真是巧妙难得的了。——那是江城的山，还有，在西边的，更缥缈，更玲珑，更幽深，更有诗趣的山呵——渔舟星火，夜深潮急时，古老的石头给江流打击着作呜咽的悲鸣——

我不能想象了。龙神祠的昏暗的景色，这时仿佛从那边树丛中透射出来；我想象到龙神祠的一个春天黄昏。整个江城的马路，城池的动脉，恰和这条江流平行着。虽然现在大势看来，表现长江对这小城的位置已日益减色了，但无疑这条长江仍是一城人的生命。习俗，欣赏，嗜好，职业，一切的活动，直接间接都受它支配着。

人语声，骚声，在黄昏中蠕动得更利害。我更不耐烦了。

一队骑兵，黄色的披挂，在公园门口趾高气昂地过去了。灰尘立刻扬得很高。无疑的这是骄傲的侵略者的步伐啊……

管弦和歌声自园西错杂着灯光的繁盛街市跟着晚风播送过来。醉人的萎靡的音乐！异国的情调！那些厚厚的脂粉驮着背走路的脸色，几月来愈来愈多了。江城，洋溢着最大苦难而又蒙盖着无比欢乐的啼笑皆非的苦脸，这很显明，我们看着我们的伴侣，浩渺的江在抑郁地流着，日里夜里，无限止的苦痛的呻吟，而笼罩着这一城池的是山雨欲来时晦黯的阴霾。即使晴天，整个城池也总没有平时那么晴爽，开朗，欢乐。

20 世纪 30 年代的镇江城

整齐清洁的街道，纵横着平砥如矢的新辟大路，霓虹灯的美丽灯光反映在运河里，长江里。江边的几座不同形状的山，山上雅洁的精舍，恰如其分地点缀着这江城，人工缔造，惨淡经营，烘托出这城的热烈的气氛，开拓的艰辛，和文化的静穆。自然的，这一切在现在都已经没有了，梦一般的破灭。残缺的堡垒留在荒凉底江边，精舍变成废壁颓垣，一切的人事建设都遭摧毁，点缀得这江流凌乱，狼藉，像一粒名贵宝石，被人误投在垃圾中，被满灰尘与积秽后，一时的黯然无光。

山顶上慢慢黑了，江流隐在黄昏的莽苍中，成一条模糊的青灰色的带子。

我不能遏制地给这古老的江流想象虚构的愤慨：它体验着种种

苦难的生活，受伤，忍辱，苦锻，伺机，而终又愤怒，复仇，咆哮……对这可爱的江，有许多城池是一样的命运。他们失掉春天，而孕育着他们的大江又如此抑郁。沿江有许多可爱的风物。江上也有许多秀丽的城池呵。

不是一脉的大江流吗？而迤东迤西迥然不同——这江上的城池！

我用力透过气，以沉重的呼吸，向远远上流吸进一口曼长的气来——这是自由的空气。

沉甸的黑云，从远远西边移了过来，带着暴风雨的蓄积，久未泄的愤怒。

风狂大了。

浪，激动得狂而有力，从高阜之地和险峻的山峡中疾冲而下，由远方鼓动，销沉的下流被激起一阵阵险恶的风浪。

江上的城池，在震撼着，接受这顷刻将来的风暴。

这古老的江有一天会怒吼起来。

那一天，江城会变得真的可爱，可纪念了。

微茫中长亘数千里的奔流沿岸土地在撼动，江潮晚来更急了。

廿九年春在上海

[作者简介]

丁谛，即吴调公(1914—2000)，原名吴鼎第，镇江市区人。1935年大夏大学毕业后在江苏省立镇江师范学校任教。解放后任江苏师范学院、南京师范大学教授。著有《长江的夜潮》《李商隐研究》《神韵论》等，晚年辑有《调公文录》。

[注释]

① 本文选自《宇宙风》1940年第103期。

京口山水记概[1]

水　青

镇江古称京口，秦以前本名谷阳，后改丹徒；是南京的外卫。三国时代，孙吴以此起家，南北朝时，刘宋又从这儿发展基业。此后凡是有事于江南者，京口总是必争必守之地，而与南京同其隆替；称之曰“京口”，实在是名实相符的。所以，此地在历史上，地理上，都占有很重要的地位，即不以山水论，也比江南其他各县强得多了；何况，事实上此地的山水，在江以南确是颇负盛名的。

来到镇江的人，游览山水之余，都喜欢找寻找寻古迹。在这个小册子里，对于此地的山水古迹，已片断地记了不少，但如要知道其全般概念，则那些片断的记载，还是不够的。现在特再综合地叙述一下，凡在其他各篇中所不便记叙的，或事实不敷成篇者，其材料都归入此篇。不过此地的荒山僻岭太多，其对于名胜古迹无关者，概行略去，以免芜杂，并非为挂一而漏万也。

镇江所有的山，大概可算是茅山支脉；在县城[2]的西南东三面，蟠曲纡迴，断断续续地，几乎到处都是山地，平原地带很少。而这些山，大多只是长长茅草而已；因此，山一多，农产品就很少，于是就形成此地的穷。至于山水，主要的是一道大江，江流到此，已是奔腾浩瀚。但所有的山都那么小，山与水不能相称，山不敌水，和南京同其缺憾。江以外的水，就是运河，江南运河从此地流经丹阳，一直到杭州入钱塘江。除了大江与运河以外，湖沼地就没有，这似乎又是一个缺憾。而且从“七七”事变以后，战乱连年，破坏多而建设少，到现在这些山水已弄得残破不堪了。可是仍然因为地理上的优势，心脏往昔先贤前烈们的精神灌溉，此地山水之明秀的特色，与怀古寻幽的凭吊，仍旧是不可磨灭的。世事风云，虽然变幻莫测，可是江与山的胜概依然！譬如说，金山寺虽然经了一次大火，精华损失甚巨，而游客们还是爱往那里去，固然金山的地位及其形胜，并未稍挫，但这种精神的召唤的力量，也是很大的：所以，镇江山水仍然是值得称道的。

因为自然形势的变迁，镇江山水的古与今，差异非常之大。尤其是大江有时南迁，有时北迁，在山水形胜上，就不可同日而语。宋人蔡居厚《蔡宽夫诗话》谓："润州本与扬子桥为对岸，而瓜洲乃江中洲耳，故潮水悉通扬州城下。"唐李颀诗云："鸬鹚江头微雨晴，扬州郭里暮潮生"，以为自大历（唐）后潮汐始不通。今瓜洲既与扬子桥相连，自扬子距江尚三十里，山川形势固有时迁易也。江流的变动，在唐宋时代就有这样的情形了。陆游《入蜀记》云："自京口抵钱塘，梁陈以前，不通漕；至隋炀帝始凿渠八百里，皆阔十丈，夹冈如连山，盖当时所积之土。"这是人为的地理变迁。以及近代金山自江中上岸，这些，都是京口山水古今异趣的地方。

［作者简介］

水青，作家，生平不详。抗战后曾寓居镇江市区，著有《京口漫笔》。

［注释］

① 本文选自《京口漫笔》（京江出版社 1949 年版），略有改动。

② 县城：1929—1949 年丹徒县改称镇江县。县城即今镇江市区。

夏水上的菱花女[1]

骆　文

在我家乡，从茅山山脉下迤，全县大都是低丘缓岗，间有平原。砂石是红色的，崖壁是紫色的。下注的溪河边茂林密树，倒也喜人。只是大湖少，小塘、小河、溪涧多。小时候，大人管我们叫伢，童心回环于河塘之畔，从不忌什么危险，一个猛子扎下，哪怕时间再长些，只要水里翻几个咕噜，谁也不会吓得伸舌头，都是些水鬼不搭理的小伢们嘛。有一次，大家琢磨了，菱这东西不好，一来是不过细就缠住双脚；二是角刺扎人扎得生疼。这可怎么办……

采菱的来了，一位姑娘划个腰盆，盆箍还是镏金的[2]。姑娘要是媳妇，准是新过的门；盆，该是陪嫁的妆奁[3]。

倏忽间，又来了两个，腰盆上的油漆都剥落了（好像蛮久没有髹涂过）[4]。“去看看。”悄悄猫进浓荫，另一边有滤下的阳光，但人样还是影影绰绰。把个土块砸过去，底下骂了。一听就知道是三霞，还有巧子，要说好看，她两个形神可亲。嫣然一笑的仪态，会叫你像震惊的家雀。三霞穿件蓝印花布衫，巧子穿的是月白色褂（粗针大线缝的），淋了点清水显得更净。更说讨厌我们，骂都骂不够，往后，骂人的嘴也懒得启开了。可她们采菱采得真巧，纤纤手，眼睛珍珠似地闪光，一时三刻就是整篮篮。水红菱，个儿大，两个角尖变秃了，倘是扒开壳，沙嘴雁不喜欢啄它那才傻，嘴锋强的鸬鹚不喜欢啄它那才怪[5]。馋得我们呀不知如何是好，要我们钻进刺猬窝，也甘心捞它吃个够，有什么能比过菱呢？藕吃得会发腻，鸡头米涩嘴；菱，脆嫩带香，好像淡淡的糯米酒浸过的，好像攒的一坛甘露水泡过的，好像同最甜的蟠桃一起腌过的。要是三霞、巧子在衣怀里焐过那多好……

这么说，并不是什么激情一来，心头就灼热。甜丝丝的菱角赖在我们身上反正撵不走了。至于采菱人，是她们给菱给过目光；是她们收菱收了三朝;更由于她们手叠手抚摸过。你说呢……

小嘎(我们一起的伢)心想,也去帮帮她们采菱,问我好不好?

恰逢中元夜,月亮挂在空中。小街口搭起翘翘的台子,四处是蓝白色的纸,锡箔锞子,镂空的纸笺,篾扎的“鬼人”也拖着纸条。台上七大八小的和尚正念“焰口经”。都说七月“鬼月”,七月十五“鬼节”⑥。不“祀地”,丰年也有歉。诚心“斋田”,闹饥荒也能将将就就过。从柴洲,从圩堤,从河沿要不送置河灯,即便风平浪静驾船的也难系篷……可这些关伢们什么事?不,我们倒可以谎说一番,要大人给根竹竿带一把杈,“做什么?”好放河灯啊!这就随了自己的趣味了,上塘边去赶“河鬼”!

月亮清晰,光影透明。如果它知道抬头看它的正是一朵朵菱花,它该把更炽烈的光迅射出云层。

可听过大雁称做随阳鸟?

葵叫向日葵。只为它喜欢日光,花盘像轮子,总朝着太阳转拨。而今晚上的菱花,真的是初次识见:它不守河滩,不任风摆,偏偏缘月而动。好像对着月亮说:“你不招物我不来……”菱花的奇巧的性格,谁也说不清为啥。树根草根,没有一种不向地心扎,听说是叫做向地性。菱花呢,怕是自以为洁白如结雪,又像裂开来的宝玉,能不对着明处生长?月黑夜可认得清,它就不一样了:河水只管朝向青天,菱花还是端端地守着嫩藤。悄静静,心里一点不乱。一会儿鱼游,一会儿是虾蹦,叫蝈蝈它不听,蝴蝶儿飞眼生花它也不瞧、不瞄,指给它看看天牛,那也是凉水冷心。“月亮一出四方灯”,这灯盏一月亮几回,竟像染绘它们的花样;洁白的笔锋就为描它一簇簇花影,一色芦花心怕只愿抱一兜菱花的含笑的意兴吧……湾头湾垴,想不清理不清缠结的丝麻太多了。

还是捞菱要紧。竹竿打下去,一揽。钩杈子戳下去,一拽。拖上来好沉,依树傍石,一大堆。风中芦叶萧萧,“路鬼”要在幽暗处恣肆呢?不管,藤藤蔓蔓我们直担到三霞门口。她邻居巧子听有人,忙把狗支开了。

小嘎自报家门："嘎嘎送菱来喽!"

过七月半,一个大夜晚也不怕孤魂野鬼……三霞拿掉柴门撑子出来了。"都是你们捞的?"小嘎冲着我："是他说亮月照夜,一宵准好干活,只有三几担吧……"

"八月菱角舞刀枪。这么早就这么捞,看你们淘气淘的,缭倒了果子,万顷水塘也无用。"巧子嘴巧。

"没听说过？合酒曲,腌菱拇,都是白露秋分的事。"

"三霞说的全是农书上讲的。还有立冬小雪才能采菱收种。今儿'河鬼'不掐死你们就算好兆了。"

"那……"嘎嘎的话舐了几遍才出口,"淹死我算什么？要他(指着我)闷死烂泥塘,你三霞不哭得戴孝?"

巧子说："'路鬼'被你们懵了⑦,'河鬼'叫你们断了,三霞要喜得戴花哩!"

月亮边正好过去。三霞笑了,有如榴花色的南风,可是是清澈的。她们拿出豆沙馅儿的茄饼,我们吃了就走了。想想,我又回过头,"还去不去采菱?"三霞应着："兴许过几天。前塘你们捞了,要去就是后塘。小焰口,大焰口怕都散尽了,速走速回!"说得大方,暖心。我们呀,宛如换上翅膀、长了拨风羽毛,走得高兴,飞快飞快。

过两天我们又去前塘。

后边忽有歌应过河岸。柔声,絮语,委婉的歌调,江南的姣姣的谣曲。可是真难辨出调子里衬着的字：

小河小塘摇金风
菱花湾里走腰盆
一把长辫子搭在水
鸭子赶来群打群
心想你能拉一把
(哪管人家
偷看我抿嘴笑)
十树乌桕九树红……

听着听着，我像腾上一层薄薄的浮云。歌，映着清冷冷的水；歌，衔住萦蔓的黄丝草，缠着朝霞，缠着夕雾，缠着交替的太阳和星辰。

这歌该是三霞唱的吧，应该是巧子帮的腔，很圆很圆，好比片石跳达有一溜水漂，而后柔和地漾开了，漾开了。圆润的歌喉衬托着菱乡人的感情，扣舷而吟时你会想起，引眺山川时你会想起，在饶有土风气息的纯朴生活中更会含着沉思漫无尽头……

1987 年 10 月寒露日

[作者简介]

骆文(1915—2003)，原名骆文宏，著名作家。句容人，代表作品有剧本《疯了的母亲》，诗集《露水草》，散文集《对人的钟爱》《菱花女》等。曾担任中国作家协会理事，湖北省文联主席、作协主席等职。

[注释]

① 本文选自《长江》1988 年 1 月号。

② 盆箍(gū)：紧套在木盆外面的圈儿。

③ 妆奁(lián)：嫁妆(原指女子梳妆用的镜匣)。

④ 蛮久：很久。髹(xiū)：把漆涂在器物上。

⑤ 鸬鹚(lúcí)：水鸟，羽毛黑色，有绿色光泽，嘴扁而长，暗黑色。上嘴尖端有钩。能游泳，善于捕鱼。通称鱼鹰。有的地方叫墨鸦。

⑥ 鬼节：唐代风行民间，后世相沿。农历七月十五，家家以竹砍成三脚竹罐，谓之“盂兰盆”，挂纸衣纸钱，备素食素果供奉祖宗灵位。

⑦ 懵(měng)：这里是蒙骗的意思。

山山都好[①]

骆　文

南乡的茅山，印象深得多，它海拔300多米，在苏南就算大山了，站在顶宫，可见了太湖之烟波，一会儿，雾近了，更近了，它又染上晨曦的嫣红，彩绒一样，云雾在翻卷，在追逐，然后朝着山上爬去。刚要漫及山沿，正不可捉摸时，它又飘忽走了。映入眼帘的是春水里淡褐色的秧苗。半坡上尽是采茶人，“摘一篮篮茶唱两筐歌，嗓子甜来味解渴……”

茅　山

何处嘤嘤哭润声？宫观的执事把小道倒拖上几十级台阶，吊起来抽打。老道坐着竹轿晃悠悠的走了。他们捞饱一季“香火钱”回武进享清福去了。而徒儿得到的却是“禳邪却福”的“教化”，犯的“罪”必须补赎。小家伙至多是尿壶没有洗净罢了，谈得上什么罪！反之，道士们 27 种“戒”——声色、淫欲、垢秽、恶想等等哪一点没沾染？

山下北侧有乾元观，藏匿在苍松翠竹之间。柳桃夹植，紫藤摇曳于钟架之上，擂鼓的小房已经半坍。这个太和古殿倒也有点情趣。玉皇殿旁有客堂，前面有园林，引来的山涧水清清泠泠，其中睡莲就像雪下的薄雪花，在人们心理上唤起纯净的感觉。南朝时的陶弘景隐居处大概就是这里了。他正是神农尝百草一样的人，对《本草经》有很大的发展。可惜的是，他把儒家等级制引入道教教理，曰：“俱目仙人，仙亦有等级千亿。”恐怕这是他在百家纷凑中攀登义理的极点。无怪乎后来的宫观大都变为朱门，而主持多如偃卧虎口岩中的大兽了。

友人老郭送我一块竹简，上镌“仁者乐山”四字。山，我最喜欢的。只是“仁者”的称谓，对我来说距离太远了。

最早结识山，还是小时跟母亲同去外婆家，六十里路，鸡公车要走半天才能到达空青山山麓。我想：这就是远远看到溶于月色的那么单薄幽蓝的山吗？树树相依，云点花草；好陡的山路呵，车道缘山而过，也是扭扭曲曲的。我觉得桑树上的果仁正和我目光相遇，于是我便蹦上去采摘了。谁知道小车左轻右沉，母亲差点跌下洼坡。尽管我被数落一番，又弄得满嘴乌紫，可山里的桑椹毕竟撒给我许多甜汁，多么清洌的甜汁呵！至于这山山高凌空，终年泛绿，还有什么庵堂寺庙古刹，我则从未过问，如过路人一样毫不在意，走过就走过了。

［注释］

① 本文选自《历代文人赞句容》（句容市政协 2000 年编印）。

镇扬游踪（节选）[1]

周 劭

京江渡头

我喜欢两岸船只过渡的地方，尤其是芳草夕阳的野渡。在渡口大都筑有亭子之类供渡客憩息的地方，挂上一块横额，配一副对联，这是最普通不过的。

我最喜欢这种情状。我爱看远客的行贾倚着包裹在亭内候渡，我看他们悠然抽着烟出神。有时我会发痴花上几个子，渡过去又渡回来。渡船大都古旧阔大，一个“老大”摇橹，一个使篙，这个使篙的还兼中途向渡客收钱的职务。在黑夜或傍晚，这很会令人想起《水浒传》中浔阳江上的英雄们。不过我从来没有渡过浔阳江那么阔的江；而时势确是太平得多了。

我所经过的渡口大都是很小的，芳草夕阳，芦苇深处，萧索索几个渡客，舟子至多不过二人，船是古旧的。我还想起过“迷津渡”的竹筏用竹筏过渡，该是再有趣些的事，听说奉化溪口有竹筏可渡，可惜没有机会去过；虽然木筏随处都有，却没有风趣了。此外听说火车也得过渡，却从不曾想起人们会用轮船过渡的；其实黄浦江上还不是有市渡轮，不过我从不曾把它当作渡船看，因为它和待渡亭下悠然吸烟的渡客太不相似了。

这一次从镇江过渡到扬州，才令我惊奇。渡船是一只小轮，水手十余人，渡客有数十，开足速力，三十分钟才到彼岸。我竟不信长江有这样阔，这是我第一次认识大江。

诗人们所常提及的“京江渡头”，大概就是由镇江至扬州这一带江面上，这是古来南方有名送别的地方，和北方的芦沟桥一样著名，李白的“金陵劳劳送客亭，蔓草离离生亭旁”，这是大约还有一个“劳劳亭”，现在却无踪迹了。

在渡轮半小时中，我得饱览长江的雄姿，吴梅村诗：“京口千帆估客船，金焦依旧青如黛。”金山和焦山，东西相峙，真是“江天一览”，倘然我有闲，一定不坐这百余人渡轮，我要驾一叶之扁舟，领略领略“京江流水清如玉，杨柳千条万条绿，画舫劳劳送客亭”的情况；但这种闲情近来恐怕不会有吧。

江天一览

由于“白蛇传”民间传说的影响，金山寺便异常出名起来，其实这寺并不能说大，不过凭山筑构，形势较为雄壮而已；这种寺在东南丛林中算不得希罕的。比较可取的是上山巅的石阶，颇有城墙的意味，想起二三世纪前一定是非常壮观的，因为这里曾经“翠华幸临”过。

金山最使其成名的是在于登山巅一望，这一望你可以看尽滔滔的大江与天俱尽，在这里你可终日观望，徘徊而不能去，这情况是很难描摹的，最好还是抄前人的诗：

扁舟载酒叩禅关，万顷波中第一山。
树色攒归明镜里，钟声飞出图画间。
潮来京口秋江阔，霜落瓜洲古渡闲。
日暮上方游未遍，醉吟蓬岛不须还。

山抱楼台水抱山，禅钵回隔世尘间。
江心钟响随潮上，京口云归带雨还。
塔射宝光浮树杪，藏空金气长苔斑。
自怜宦海忙忙客，不及高僧一味闲。

——曾天用《金山诗》②

“潮来京口秋江阔”这种情况我是见到的，不过是春江而不是秋江，潮退时大约有小半里的泥滩，涨时便浩浩平波，与岸连平了。可惜我见不到“霜落瓜洲古渡闲”那种景况，真是很可惜的。

其实要描写金山这九十六字还是累赘而不讨好，最好的还是康熙南巡时所书的“江天一览”四字，这是形容得再巧妙不过的。现在山巅有“御碑亭”。巍峨丰碑，已不是康熙时原刻，而是曾国荃督两江时“恭摹”的了。帝王卖弄风雅的墨迹固然可厌，康熙那块碑却特别有兴趣，因为这四个字虽然出自江村（士奇）③，而字却是原康熙亲笔所书，那种幼稚的笔法才显出康熙的真率，至少在我个人看来是很有趣的。

我倚着城雉般的墙纵览了二小时，但是不能走进亭子里摩挲那块御碑，连著名的金山塔也不许上去，因为那里驻了兵。天下名山“兵”占多，呜呼，夫复何言。

第　一　泉

我不知中国人对于泉水的品评是否有一个系统，似乎号称“第一泉”的太多了，或许是中国人雅有“凑景癖”，有了九个名泉，便硬添一个平常的泉水，凑成十景。这样，“第一泉”便多起来了，大概是我身乏雅骨，对于泉水往往不敢轻信，譬如虎跑吧，坐轿去的和步行去的滋味便会不同。老实说，像虎跑寺里这种茶客对于品茗是谈不到的，三碗下肚，两腋风生，牛饮不雅听，只好说是解渴而已。再加上手擎茶具，摄影一帧，那才令人气死。

中国人大概是不愿意共天下的，人家有了天下第一，我决不肯承认，必须自己也来一个。倘使不明国情的人来游玩，见了天下第一泉，一定要看看第二泉，那才累死人，在中国是不会有第二泉的。夫品评泉这项工作原是闲不过的事，我再去管这个，闲中又闲，真是忙人之所闲，得闲人之旨矣。

且说三年前在苏州天平山，自然那里也有第一泉，不过寺僧老实不过，竟会告诉我这是“吴中第一泉”，和乡下所称“天下第一泉”不同，他告诉我说：“吴中泉水是由陆羽品定的，所以有系统。”我知道他借了品茗大师招牌，因为他的茶要卖二毛大洋一碗。“有系统”这句话还确实，因为在虎丘真的还有“吴中第三泉”，这大概是泉以人重的吧。于是我问他“天下第一泉”究竟在哪里，他说在镇江，起先我以为真的第一泉在济南，这一下又把我弄模糊了。

从金山下来，问车夫有什么名胜没有，他连忙回答“第一泉”，这才引起我三年前的旧话，我想看看东方的天下第一泉。泉在王公祠堂中央，王公王可庄④是福建人，以状元出守镇江，颇有政绩，所以有这个祠堂。里面歌功颂德的记载，大都由闽人动笔，最著名的如林子超主席，陈弢庵“太傅”，郑苏戡“总理”，都是好手，这些墨迹尽够我几小时的浏览了。

第一泉就在祠堂中央，水面混浊得可以，要是没有几位看客在池边指指点点水面上的气泡，我准会认为是洗衣的污池。这泉水的特征就是有气泡，和《老残游记》济南泉水之说相符，这或许是成为南方天下第一泉的原因。

茶总是好的，因为我已渴了半天，至于要品出第一泉的特色来，恕我没有这种本领。只得做一个俗子，牛饮三碗。心里想，我总算喝过天下第一泉的水了。

北 固 山

七八岁时候就看《三国志》同《水浒》两部书，一直看到十三四岁，后来在书籍里找出《红楼梦》，方把它们丢开。关于《三国志》的事情，到现在还忘不了。提起甘露寺，谁都会知道刘备招亲的地方，记性好一点人，或许还念起“周郎妙计安天下，赔了夫人又折兵”的一句，这真是穿插得热闹而有趣的喜剧，我记得在旧剧里名叫《龙凤呈祥》。

谁也想不到十余年前深为关心的甘露寺，就会在眼前。在金山上一个朋友指点给我看那座突起江边的北固山时，他说凭山筑构的房屋便是甘露寺，这对于我是一个怪熟的名字，可是究竟也想不起来，直等他说起刘备招亲，才恍然大悟，顿时对于这古寺兴味浓厚起来，非去痛快玩一下不可的了。北固山突出江面，离热闹区并不很远，步行一刻钟便到了。奇怪的是北固山对向长江的一面，竟没有山脚，就是从山腰削壁而下，从这一面当然没有上山的道路，也没有什么好玩，只有一个小小的观音洞[5]，据说有龙潜此，实则连二三个人也潜不下的。不过这洞横对大江，地方实是不错而已。

北固山的形势，正和金山一般，都是观览长江出名的，要是谈山上的名胜古迹，林木涧壑，简直没有什么，所以此山可以说是一览无余；盖除一览大江之外，真是无余也。

金山有“江天一览亭”，北固山有江山第一楼，是康有为题的。从“江山一览”望去江面比较宽阔，所以气象万千，“江山第一楼”除却斜对焦山外，风景差得多了；不过在亭中纳凉，倒也是乐事。甘露寺虽已非畴昔，但江上清风明月，恐怕还同于曹阿瞒横槊赋诗、苏东坡赤壁对客语的吧。

甘露寺

我的地理知识非常浅陋，譬如说三国时代吧，孙吴建都在南京，刘备在武汉一带，这甘露寺理该在南京，却远在镇江。这在今日虽有奇怪，但谁能想像千百年前情形呢？

现在的寺房当然改建过了。但据说还是遗址。但你切莫想象这是皇宫般的孙、刘结婚地方，实则连大的丛林它也比不上的。

倘如《三国志演义》的事迹是可靠的话，想起孙吴的外交手段，真令人失笑，满口是亲善，连妹子都肯给人，而背后却打量种种计策捉弄人，不道千百年前的东吴外交，早已先得今人的三昧。

寺中有楼曰“多景”，传是孙夫人的梳妆楼，楼外有一只石雕的似羊非羊的东西，叫做“狠石”，传诸葛先生与孙权握手倚此石共筹破曹的计划。“狠石”的地位，正对着大江，是一幅绝好天然军用地图。这里自有史以来经过两次有名的水师战役，一次是赤壁之战，一次是长江水师与太平军之战，滔滔大江，确是英雄们用武之地；可是今日从山上望下去，两三只满船挂着“白旗”（晒衣服）的袖珍兵舰，禁不住倒抽一口冷气。

且说孙夫人的妆阁已遭禁闭，不许人进去，从外边望望：空洞洞一无所有，只有满壁贴着标语，最妙的二条是："我们人类要与'犬'一起联合起来！""犬能做事和人类一律平等！"我几乎疑心是干过政治工作同志的疯人院，后来才知道是"警犬训练所"房屋。但不知标语是给犬看的还是给人看的，这个道理到现在还参不透。

去的日子是星期日，北京、沪来的游客很多，但大都是失望归去；真的，北固山除了借"招亲"的一幕喜剧号召之外，确太无味了。

[作者简介]

周劭（1916—2003），号黎庵。学者，浙江镇海人。曾任《宇宙风》编辑、律师。早年著有《吴钩集》《毕发集》，晚年有《黄昏小品》《清明集》《清诗的春夏》等。

[注释]

① 本文选自《清明集》（辽宁教育出版社1996年版）。

② 曾天用：原文疑误。或为元代曹元用。曹元用（1268—1330），字子贞，山东汶上人。始为镇江路儒学正，秩满游京师，翰林承旨阎复奇其文，荐为翰林国史院编修官。累拜中奉大夫、翰林侍讲学士，兼筵官。凡大制诰，多为元用所草。有《超然集》。

③ 士奇：高士奇（1644—1703），字澹人，号江村。清初钱塘（今浙江杭州）人。以诸生供奉内廷，为康熙所宠幸。

④ 可庄：王仁堪（1848—1893），字可庄，福州（今属福建）人。光绪三年（1877）进士第一，官镇江知府。

⑤ 观音洞：在北固山后峰五圣岩下，深约三丈，高阔各丈余。

三山五泉话镇江[1]

陈从周

长江好似砚池波，提起金焦当墨磨；
铁塔一枝堪作笔，青天能写几行多。

这是前人写镇江的一首绝句诗。镇江雄踞长江南岸，拥有三山（金山、焦山、北固山）、五泉（天下第一泉、虎跑泉、鹿跑泉、珍珠泉、林公泉）之胜。其中如金山寺和北固山的甘露寺，又和戏曲中的白蛇传和刘备招亲相联系，因此岁岁年年不知吸引了多少游客。然而镇江风景之美，倒不是单纯由于这些传说和故事的渲染，而是它本身所具有的水光山色，确能引人入胜。无怪宋代的画家米芾在这里创作了独特风格的米家山水，词人辛弃疾有“满眼风光北固楼”之赞了。

风景的优美或得之天工，或赖于人力。镇江则兼有两者之长。扬州瘦西湖中的小金山，与河北承德避暑山庄的金山，均仿此地景色而作，可见其影响之大了。

三山中的金山和焦山，本来都是江中的岛屿，如今金山与北固山一样与陆地相联了。焦山因东汉时焦光隐居而得名。游镇江的话，欲览长江之雄伟，可据此远眺；欲顾盼金、焦，且攀北固；欲欣赏米家山水的雨景，则当登金山。

三山景色之美，各有千秋：焦山以朴茂胜，山包寺；金山以秀丽名，寺包山；北固山以峻险称，寺镇山。

焦山在江中，面对象山，背负大江，漫山修竹，终年常青。朝暾月色，断崖石壁，以及晓风涛声，都曾博得古人赞美。而今吾人登临此山，望滔滔大江东去，巨轮渔艇往来，以及镇江、扬州隐约市楼，则又有一番情趣和意境。这里的好处是静中寓动，幽深中见雄伟。而寺中的明代木构建筑与石坊，山间的摩崖石刻，如闻世的梁时《瘗鹤铭》、宋陆务观(游)以迄清代闻人题名有几百处之多,更为此山生色不少。山巅的郑板桥读书处——别峰庵也是游人流连的地方。

北固山有多景楼,多景二字已道出了景色之胜。这座山位于金、焦二山之中,突出江口,形势险要。坐楼中可俯视惊涛拍岸,白浪滔天,且有小艇渔舟,在幽篁古木之间时隐时现。不登此楼,诚不知此景之妙。山既名北固,点缀景物亦从其雄健处着眼,因此遍植松林。放眼望去,郁郁葱葱,无怪清代词人蒋鹿潭有"看莽莽南徐,苍苍北固"之句②。

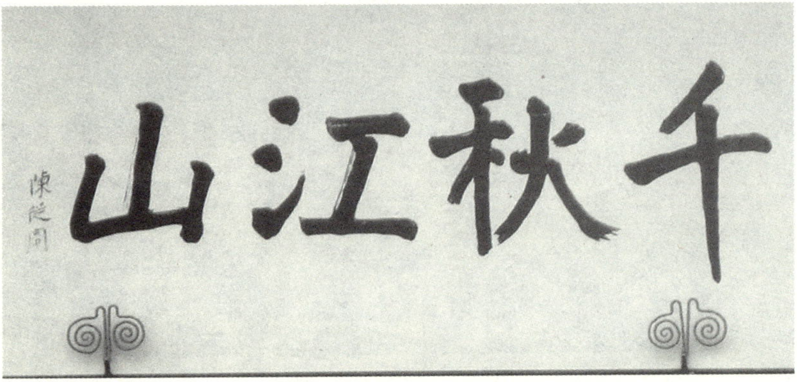

陈从周为镇江芙蓉楼题匾

金山虽然已不在水中,但新凿了塔影湖,从天下第一泉望去,确有宛在水中之感。现在又布置了百花洲,风光更胜往昔了。

镇江地区多山,虽不能像滁州一样"环滁皆山也",然"西南诸峰,林壑尤美",确可当之无愧。镇江南郊诸山,冈峦起伏,舒展如长卷,其间招隐、竹林二寺,处境尤佳,真所谓"一江云树画中收"。而帆影山光,夕照钟声,漫山松林与红叶相掩映,其景恬静明洁,又可以与南京栖霞山相颉颃。虎跑、鹿跑、珍珠、林公诸泉,皆出自山中。涓涓之水,其味清甘,与金山天下第一泉相若。泉是山眼,它点出了山的灵秀,两者相得益彰。

总之,镇江的景色,具雄伟之势,无旖旎之气。它使游者眼界开阔,心旷神怡。

南郊群山全景

[作者简介]

陈从周（1918—2000），园林学家，杭州人，工诗，善文，能画，著有《园林丛谈》《园韵》《书带集》等。

[注释]

① 本文选自《园韵》（上海文化出版社 1999 年版）。

② 蒋鹿潭：清代词人，名春霖，其《木兰花慢·江行过北固山》中有“看莽莽南徐，苍苍北固，如此山川”句，传唱一时。

主要参考书目

逯钦立纂辑. 先秦汉魏晋南北朝诗. 上海：中华书局,1998

彭定求等编修. 全唐诗. 上海：上海古籍出版社,1992

北京大学古文献研究所. 全宋诗. 北京：北京大学出版社,1998

唐圭璋编纂. 全宋词. 上海：中华书局,1999

隋树森选编. 金元散曲简编. 上海：上海古籍出版社,1984

陈乃乾辑. 元人小令集. 上海：中华书局,1962

福建师范大学中文系古典文学教研室选注. 清诗选. 北京：人民文学出版社,1984

邝健行等. 韩国诗话中论中国诗资料选粹. 上海：中华书局,2002

钱仲联主编. 近代诗三百首. 杭州：浙江古籍出版社,1990

解为干辑. 蓝野山庄刻本. 润州事迹诗钞. 同治七年(1868)

镇江市地方志办公室编著. 镇江要览. 南京：江苏古籍出版社,1989

镇江市档案馆编印. 京江赋（内部资料）,1986

陈学军辑注. 古曲诵江苏. 西安：太白文艺出版社,2000

王骧等选注. 镇江名胜诗选. 南京：江苏古籍出版社,1990

杨积庆. 京口诗话. 镇江日报文艺副刊部编印(内部资料),1985

陈智勇选注. 历代诗人咏丹阳. 北京：中国戏剧出版社,2000

杨积庆选注. 丹徒古诗词选注. 丹徒县政协学习、文史资料委员会编印(内部资料),1998

句容市地方志办公室. 句容茅山志. 合肥：黄山书社,1998

罗时进著. 丁卯集笺证. 南昌：江西人民出版社,1998

钱仲联校注. 剑南诗稿校注. 上海：上海古籍出版社,2005
周汝昌选注. 杨万里诗选. 石家庄：河北教育出版社,1999
周汝昌选注. 范成大诗选. 北京：人民文学出版社,1959
刘修业辑校,刘怀玉笺校. 吴承恩诗文集笺校. 刘怀玉笺校. 上海：上海古籍出版社,1991
宋效永校点. 惜抱轩诗集训纂. 合肥：黄山书社,2001
马自毅选注. 康有为诗文选. 上海：华东师范大学出版社,1995
卢前著. 冀野选集. 纽约：美中文化出版公司,1997
丁宁著. 还轩词. 合肥：安徽文艺出版社,1985

后　记

“壮丽山川古润州，江左人才渊薮。”自古以来，镇江就是南北通衢、军事重镇，为锦绣江南的门户。有关镇江的诗文佳作见于记载的大概起于南朝。唐宋时期，名篇迭出，盛极一时。元明清三朝在此基础上，境界有所开拓。近代以来，流连山水、感愤时事的篇章也层出不穷。从北宋《润州类集》起，镇江就有编纂地方艺文之风，至今犹盛。

本书是首次将旧体诗词和散文编选在一起的作品集。全书计130位诗人作家的160篇(首)作品。形式兼顾各种体裁，内容也不限于以往的山水胜迹，重在抒发自然性灵，阐发人文观照。收录旨趣力图体现文学性、地域性和多元性。除较多收录外地作者佳作外，还有意采撷海外文人的作品，读者或可从中发现“异乡人看镇江”的视角。诗文注释综合诸家，参以己见。

蒙尹卫东先生谬许，本人得以参与这项文化建设工程。在选注过程中，又得到江慰庐、吴宗海、陈克刚、严其林等许多学者和前辈的指导。吴宗海先生审阅全部书稿，并订补了部分注释。杜晓镇、李爱勇、丁亚明等先生提供资料、图片制作等帮助。在此致以谢忱！由于本人学殖荒疏，编注全为业余完成，顾此失彼以及错谬之处在所难免，敬希读者方家指正。

选注者

图书在版编目(CIP)数据

镇江诗文/裴伟选注. —苏州：苏州大学出版社，2007.9
（镇江文化丛书/张甫雄主编）
ISBN 978-7-81090-938-9

Ⅰ. 镇… Ⅱ. 裴… Ⅲ. ①诗歌—作品集—中国②散文—作品集—中国 Ⅳ. I22 I26

中国版本图书馆 CIP 数据核字(2007)第 136524 号

镇 江 诗 文　　　　裴 伟 选注

责任编辑	史创新
出版发行	苏州大学出版社 （苏州市干将东路 200 号 215021）
经　　销	江苏省新华书店
排　　版	镇江文苑制版印刷有限责任公司
印　　刷	丹阳市教育印刷厂
开　　本	880mm×1 230mm 1/32
印　　张	8.25 插页 4
字　　数	228 千字
版　　次	2007 年 9 月第 1 版 2007 年 9 月第 1 次印刷
印　　数	1—4 000册
标准书号	ISBN 978-7-81090-938-9
定　　价	14.00 元